独占欲強めの天才外科医は箱入り妻を溺愛する

田沢みん

Vanilla文庫 Miel

イラスト／森原八鹿

プロローグ

彼の指はとても器用に動く。

私のナカを自由自在に動きまわり、擦《こす》り、かき混ぜ、撫《な》でていく。

指の腹が内壁の天井をゆっくりと滑る。

ある一点に到達すると、そこを集中的にトントン……とソフトタッチでノックされた。

──ああっ！

「千代《ちよ》はここが一番感じるんだね」

まるで私の内側を覗《のぞ》かれているようだ。教えたわけでもないのに、彼は敏感な場所を的確に、そしてじっくり攻めてくる。

「そんなの一言も言ってないのに……どうして……っ、わかっちゃうの？」

息も絶え絶えに問いかけると、彼は私の脚のあいだに陣取ったまま目を細めてみせる。

「口で言わなくたって、千代の身体が教えてくれたんだ。ほら、こんなふうに」

同じところを今度は指で押し上げられた。ビリッと強い刺激が走って腰が跳ねる。

「ああっ！　やっ、あーーっ！」

そうだった。今や彼は私以上に私の身体を知り尽くしている。心臓も、恥ずかしいところもぜんぶ……。

私は彼の手が大好きだ。

すらりと長い指は一見女性かと見間違うほど綺麗《きれい》だが、よく見ればしっかり節くれだっている。手のひらは大きくて安心感があって、とても男性的なのだ。

その指先で身体の隅々《すみずみ》まで探られるとき、手のひらで胸を包み込まれるとき、私は生《せい》の喜びを感じることができる。

最初は一本しか挿入することができなかった指も、今ではこうして二本まですんなりと受け入れる。私の身体が彼の指に馴染《なじ》んできているのだ。

――だからきっとその先だって大丈夫なのに……。

「士貴《しき》さん、私は本当に、最後までしたって……」

「駄目だ」

キッパリと拒否されて、全身の熱が冷めていく。彼は私の隣に寝そべると、長い黒髪を優しく撫でてくる。

「千代は無理をしなくたっていいんだ。さあ、目を瞑《つむ》ってゆっくり休んで」

――違うのに。

無理なんかしていない。私の心も身体も『そうなりたい』と望んでいるのだ。

――むしろ無理をしているのは士貴さんのほうで……。

「士貴さん、ごめんなさい」

「どうして謝るんだ。俺はこうして千代と一緒にいられるだけでしあわせだよ」

――嘘《うそ》ばっかり。

けれど私は気づかぬふりで、布団に顔を埋《うず》めて目を瞑る。

「士貴さん、ありがとう」

――そして、本当にごめんなさい。

私はあなたの優しさにつけ込んでいる。同情に縋《すが》って縛り付けて、あなたの時間を奪っている。

わかっていながら離してあげることができなくて。

――だからせめて……。

一日も早く、この心臓が止まってくれますように。

1、喜びと絶望

西新宿《にししんじゅく》の『貴島《きしま》ビル』地下駐車場で送迎車を降りると、私は助手席の窓から覗《のぞ》き込み、馴染《なじ》みの運転手に声をかけた。

「石田《いしだ》さん、どうもありがとう。行ってきます」

「千代《ちよ》さま、行ってらっしゃいませ」

私は地上階行きのエレベーターに乗り込んで、センサーにスマホの画面をかざしてから三十階のボタンを押す。

地上三十階、地下一階の建物は、義母の実家が所有している商業ビルだ。ここにはいくつもの企業やクリニックが入っているが、一番多くのフロアを使用しているのは父が経営する『KAIHOコーポレーション』本社。

日本とアメリカの食品を輸出入する食品専門商社『KAIHO食品』をはじめ、アメリカ国内に日本食レストラン『宝~TAKARA~』や日系スーパーをいくつか展開しているこの企業は、二十八階から三十階までの三フロアを占有している。

エレベーターで三十階まで上がり、自動販売機の置かれた窓際のフリースペースやミーティングルームの前を素通りして、廊下の奥へと向かう。そこは役員室がある一画で、一番奥から社長室、専務室、常務室と横並びになっている。

私は真ん中の専務室の前に立ち、ドアノブのセンサーにスマホをかざして解錠した。扉を開けた途端に天井の明かりがパッとともる。

時刻は朝の八時。中にはまだ誰もいないのがわかっているので、私は無言で朝のルーティンワークを開始した。

パソコンとコピー機の電源を入れて起動させ、用紙の補充をしておく。

はめ殺しの大きな窓からは春の暖かい日差しがさんさんと降り注ぐ。桜の見頃も今がピークだ。遠くの街路樹にはピンク色の塊がいくつも見受けられる。

「あっ、いけない。早くしなきゃ」

しばし外の景色に見惚《みと》れたあとで、私は慌てて手を動かす。さっとデスクまわりの拭き掃除をして、部屋の隅《すみ》にある観葉植物に水をやる。応接セットの黒いセンターテーブルには新聞五紙を並べて置いた。

半透明のパーティションで仕切られた向こう側は給湯スペースだ。そこでエスプレッソマシンの給水をして、最後にコーヒーカプセルやスティックシュガーの残量を確認しておく。専務が好きなイタリア産の深煎りフレーバーが少なくなっている。サイトで追加オーダーしておかなくては。

――よし、今日も時間どおり。

ここまでにかかった時間は三十分弱。ゆっくりとしか動けない私は、普通の人よりも何かと時間がかかってしまう。だから始業時間の一時間前に出社して準備をすることにしていた。専務はいつも九時ぴったりに出社してくるので、それまでの三十分をメールチェックにあてられる。

一度に動いたためか、若干《じゃっかん》息が上がってきた。苦しい顔を見せれば心配性の専務はすぐに『帰れ』と言うだろう。私はデスクの椅子《いす》に座って大きく三回深呼吸した。

専務室のデスクはL字型だ。黒い重厚な役員机の隣に、もう一つ同じ材質の事務机が直角になるよう置かれている。そしてその事務机が秘書用、つまり私の作業場だ。

これは私を秘書として雇うときに、わざわざ同じ材質でと発注したものらしい。安物のスチールデスクで十分だと言ったのに、彼はお揃《そろ》いがいいと言い張った。内装のバランス的にも自分のテンションを上げるためにもそうしたいと言われれば、部下の私は拒否できない。

以来一年間、私は専務の横顔を斜め方向から眺《なが》めながら、ここで働かせてもらっている。

私がパソコンのメールに目を通していると、ドアがガチャリと開いて専務が入ってきた。

柔和で女性的な顔つきにアッシュブラウンのミディアムヘア。スラリとした体軀《たいく》にオーダーメイドのスーツが似合っている。実年齢は三十一歳だが、服装によっては大学生と言っても通用しそうだ。

「専務、おはようございます」

「おはよう、千代」

海宝千寿《かいほうせんじゅ》さんは『KAIHOコーポレーション』本社専務で海宝家の長男、そして私の異母兄だ。中性的で美しい容貌なため、アイドルやモデルに何度もスカウトされたことがあるという。けれど芯はしっかりしていて男らしい。社交的で仕事もできる優秀な後継者だ。

身体が弱く進学を諦《あきら》めていた私に通信制の大学を勧めてくれたのも、大学卒業後に秘書として雇ってくれたのも千寿さんだった。

彼のアドバイスに従い、大学では経済学を学び、家で英会話の個人レッスンを受けた。彼への恩に報いたくて夜中まで起きて課題をしていたら、『無理をするんじゃない！』と激怒されたのも懐かしい思い出だ。

それだけではない。彼には専務秘書の仕事だけでなく、社会人としての一般常識を一から根気よく教えてもらった。最初はエスプレッソマシンの使い方さえ知らなかった私も、今では素早くコーヒーを淹れられる。とは言っても、カプセルのコーヒーだからボタンを押すだけなのだけど。

——千寿さんには本当に感謝しかないな。

「すぐにコーヒーを淹れますね」

彼がソファーに座って新聞を広げたのを見て、私は慌てて給湯スペースへと向かう。すると千寿さんは顔の前から新聞を下ろし、不満げにこちらを見上げてきた。

「俺には敬語なんか使わなくていいって、前から言ってるじゃないか」

「でも会社では上司と部下なので……って前から言ってるじゃないですか」

「おっ、生意気な返しをするようになったな」

顔を見合わせてハハッと笑う。

千寿さんは、家族の中で私が唯一《ゆいいつ》気を遣わずに話せる相手だ。いつも敬語は必要ないと言ってくれるのだけど、ほかの家族の前ではそういうわけにもいかない。なのでお言葉に甘えて、二人きりのときだけは敬語抜きで話させてもらっている。

「始業時間までは、あと七分ある。それまでなら兄妹として話してもいいだろう？」

「……うん」

私がコクリとうなずくと、兄はふわりと微笑《ほほえ》んだ。

「それじゃあ、コーヒーを淹れるね」

「ああ、頼む。千代のコーヒーは世界一だからな」

「ボタンを押すだけだから！」

「ハハッ」

私は給湯スペースで、千寿さんが好きな深煎り焙煎のカプセルをマシンにセットする。ボタンを押すと、間もなく芳醇《ほうじゅん》で香ばしい匂いが漂ってきた。

淹れたてのエスプレッソを専務用のマグに注ぎ、トレイに載せて運んでいく。ソファーで経済紙に目を通している千寿さんの前にコトリと置いた。

「そうだ、千代、今日は会食があるからな」

「わかった。私だけ石田さんの車で先に帰ればいいんだよね？」

この会社に就職してからというもの、私は残業も会食のお供もさせられたことがない。秘書だなんて名ばかりで、逆に気を遣わせてばかり。

私がここに就職できたのは、千寿さんの厚意にほかならない。そもそも重役向けのグループ秘書がいるこの会社では、専務の個人秘書など必要なかったのだ。けれど彼は私に秘書という名目を与え、こうしてそばで見守ってくれている。

私の就職が決まったとき、私の異母姉で千寿さんの妹である二千夏《にちか》さんが激昂していた。

『どうして千代を雇ったりするの！　私だって同じ働くなら秘書のほうがよかったのに！』

『おまえは大学のときも遊んでばかりで、簿記も英語も全然じゃないか。せっかく母さんのコネで働けてるんだから、そっちでそのまま頑張れよ』

千寿さんに諭されて、私を恨めしそうに睨《にら》みつけていたのを覚えている。二千夏さんは現在二十六歳の独身で、貴島家が経営しているデパートの総合受付で働いている。

——これでは二千夏さんに申し訳が立たない。

そんなふうに考えていたら、今日は予期せぬ答えが返ってきた。

「いや、今日はおまえも一緒だ」

「えっ、いいの？」

以前から役に立ちたいと思っていたから、接待の席に同伴させてもらえるのなら喜んでお供するつもりだ。

「接待じゃないぞ。会食だ」

「……うん？」

接待でなければなんのための会食だというのだ。意味がわからず首を傾《かし》げていたら、千寿さんは、「まあ、お楽しみだ」とだけ告げて会話を打ち切ってしまった。

——どういうこと？

頭の中に疑問符が残ったまま、それでもまずは目の前の仕事に集中することにした。

午後六時ぴったりにパソコンで打刻をし、その日の業務を終えた。それを待ち構えていたように千寿さんが立ち上がる。

「よし、行くぞ。千代、化粧を直して可愛くしてこい。口紅はそんな薄いオレンジじゃなくてピンクがいいと思うぞ」

「えっ、まさかお見合い？」

私をもらってくれるような奇特な人などいないとは思うが、家のために嫁げというのなら従う心づもりはある。

――それくらいしか役に立てないし……。

「見合いじゃない。いや、見合いというか……まあ、行ってからのお楽しみだ」

「本当にどういうこと？」

『いや』とか『お楽しみ』だとか。さっきから千寿さんは言葉を濁《にご》すばかりでまったく要領を得ない。

それでも一応は上司命令だ。訝《いぶか》しみながらもパウダールームで化粧を直し、彼について部屋を出た。

廊下に出てすぐに、隣の社長室から父で社長の海宝千晃《ちあき》が飛び出してきた。

「よし、それじゃあ行くか。先方はまだ着いていないな？」

「大丈夫、六時半だと伝えてある」

廊下を歩きながら二人が会話を始める。

「失礼があってはならないからな。彼を逃すわけにはいかない」

「逃すって……父さん、それはアイツにも千代にも失礼だ」

二人の会話を聞きながら、私の頭はますます混乱していく。

――私に関係すること？　やっぱりお見合いなんじゃないの？

それに今のこの状況もかなり特殊なパターンだ。この会社に勤めて一年になるが、こんなふうに三人で行動するのははじめてのことだった。

――しかも千寿さんだけでなく、私も一緒だなんて……。

エレベーターで地下駐車場に降りると、すぐそこに黒塗りの送迎車が待機していた。運転手が石田さんということは、すなわち社用ではなく海宝家の用事ということだ。私が助手席、父と千寿さんが後部座席に座って目的地へと向かう。

到着したのは会社から車で十五分ほどの距離にある料亭だ。女将に先導されて個室に入り、座布団に座って待機する。手前に父と私、上座にあたる座卓の向こう側に千寿さん。この並びにも違和感がある。

しばらくすると再び女将が顔を出し、「お客様がいらっしゃいました」と告げた。

鴨居にぶつからないよう頭をかがめて入ってきたのは高身長の男性。ギリシャ彫刻みたいに整った顔立ちで、黒い瞳に黒髪の……。

——えっ！

「よぉ、士貴《しき》、久しぶりだな」

私が声を発する前に、千寿さんが気安く声をかける。

「ああ、久しぶり」

笑顔で応えたのは、紛れもなく天方《あまかた》士貴さんだ。グレーのスーツにストライプのネクタイ。以前より精悍さが増して眩《まぶ》しいくらい。

彼が千寿さんの隣の座布団に正座する。私が唖然《あぜん》としていると、まっすぐ見てきた士貴さんと目が合った。

「千代ちゃん、久しぶり」

「おっ、お久しぶりです。日本にお戻りになっていたんですね」

彼は千寿さんの親友だが、大学の医学部を卒業後すぐに渡米し、向こうで医師をしていたはずだ。いつの間に帰国してきたのだろう。

「海宝さん、本日はお時間をいただきありがとうございました」

「いや、士貴くんのほうこそ疲れているだろう。帰国早々悪かったね」

父との会話を聞いたところによると、どうやら彼は今日の夕方に帰国したばかりらしい。実家には荷物を置きに帰っただけで、すぐにスーツに着替えてここに来たのだという。

——どうしてそんなことを？

帰国して真っ先に会いに来るのが私たちとは、一体どういうことなのだろう。長旅のあとでわざわざスーツに着替えているのも違和感がある。

――もしかしたら、父の会社に就職するとか⁉　アメリカでトラブルがあって帰ってきたのかも。

だとしたら彼は千寿さんの下で働くのかもしれない。それなら秘書の私が呼ばれたのも納得だ。

まさか医師を辞めてしまうのかと驚いていると、隣で父が口火を切った。

「今日は大事な話だというのに、こんなところに呼び出してしまい、本当に申し訳ない。しかし家ではゆっくりと話せないものだから」

まずはここでしっかりと固めておきたかった……と続いたところで私は身構えた。家で話しにくいということは、すなわちここにいない家族、義母の苑子《そのこ》さんや二千夏さんに聞かれたくない内容ということだ。

父は座卓の上で指を組むと、隣の私に顔を向けた。

「千代は、士貴くんのことをどう思っている？」

「……えっ？」

いきなり突拍子もない質問をされて言葉に詰まる。

どう思うも何も、本人を目の前に「好き」だなんて言えるはずがない。それ以前に、なぜそのような質問をされるのかがわからない。

「優しくて頭がよくて……尊敬しています」

無難な答えを返すと、父は黙ってうなずいた。

「彼からおまえと結婚させてほしいと、正式な申し込みがあった」

「結婚!?」

まさかそんなのあり得ない。だって私は生まれてきてはいけなかった存在で、海宝家のお荷物で……そして、そのうち死ぬ人間なのだから。

＊　＊　＊

私が海宝の家に引き取られたのは七歳のときだった。

黒い門の内側には計算したように植え込みや花が配置され、レンガの敷石が玄関先まで続いている。白い外壁の豪邸を見上げながら、まるでおとぎ話に出てくるお城みたいだ……と思ったのを覚えている。

私は父の愛人が勝手に産んだ隠し子だ。

父が仕事の関係で半年間ロサンゼルスに行っていたとき、現地の支社で秘書をしていた私の母、香純《かすみ》と知り合い不倫関係となったのだ。

私の母が妊娠を知ったのは父の帰国後。すぐに実家のある秋田《あきた》県の田舎に戻り、そこで両親に手伝ってもらいながら事務の仕事をして私を産み育てた。私が物心ついたときには祖父母は亡くなっていたため、母が女手一つで頑張って面倒を見てくれた記憶しかない。

母から愛されていたとは思うけど、たびたび不機嫌になって大声で怒鳴《どな》られることがあった。怒鳴り終えると今度は大きなため息をついてビールを飲み始める。そんなときは近づいちゃいけないような気がして、私は部屋の隅で膝を抱えてじっとしていたものだ。

今思えば、決して裕福とは言えない日々の暮らしに疲れ、どこかに怒りをぶつけたかっただけなのかもしれない。けれど幼かった私には母の気持ちを押し測ることも慰《なぐさ》めることもできず、理不尽な暴言の嵐をただただ黙ってやり過ごすしかなかった。


転機は小一の冬に訪れた。

その年の秋田県は大雪で、吹雪のなか仕事から帰ろうとしていた母が、雪道でスリップ事故を起こして亡くなったのだ。

母の友人から父宛てに送られてきた遺言状で私の存在が明らかになり、海宝家に引き取られることとなった。小二になる直前の春休みのことだ。

父が私を迎えにきたときこう言った。

「家には千代の八歳上のお兄ちゃんと三つ上のお姉ちゃんがいるんだ。わからないことがあれば二人から聞けばいい」

一人っ子だった私に『お兄ちゃん』、『お姉ちゃん』の響きは新鮮で、とても魅力的で。唯一の肉親を失い施設に入るところを救われて、いきなり新しい家族ができたのだ。自分に兄や姉ができるという事実に、無知な私は緊張しつつもワクワクしていた。

――お姉ちゃん、折り紙は好きかな。一緒に遊んでくれるかな。

リュックに使いかけの折り紙の束を詰め込みながら、そんなことを考えていたのを覚えている。


結果から言うと、期待は見事に裏切られた。

都内にある海宝家の豪邸には、父のほかに妻の苑子さん、十五歳で長男の千寿さん、そして十歳の長女、二千夏さんが住んでいた。

父と異母兄は「いらっしゃい」と歓迎してくれたが、義母と異母姉はあからさまに冷たい視線を向けてきたのだ。

「どうして愛人の子と一緒に住まなきゃいけないのよ！」

広いリビングルームに甲高い声が響き渡る。

自己紹介を終えた途端に姉から投げつけられた言葉に、『愛人』の意味を知らなかった私でも、歓迎されていないことは理解できた。

「この子はまだ七歳なんだ。優しくしてやってくれないか?」

「あなた、私に向かってよくもそんなことを言えたものね」

義母の言葉にその場がしんと静まりかえる。

それきり父は口をつぐみ、重苦しい空気の中、私の新生活がスタートした。

海宝家で主に私の世話をしてくれたのは、通いの家政婦の村口《むらぐち》さんだ。

父は仕事で忙しく、義母や姉とは私の食事時間がずらされていたのでほとんど交流がなかった。

そうなるのも当然だ。本当なら愛人の隠し子なんて、認知どころか顔も見たくなかっただろう。

そんな中、唯一優しくしてくれたのが兄の千寿さんだ。

彼はときどき私の部屋を訪れては、絵本を読んでくれたり勉強を教えてくれたりした。

「俺のことは、お兄ちゃんと呼べばいいんだよ」

どう呼べばいいのかわからず「あの……」とか「その……」と話しかけていた私に、彼はそう微笑んでくれて。

ただっ広い家でどう振る舞えばいいのかもわからず、心細くしていた私のたった一人の味方。彼は私の救世主、頼れるヒーローとなった。

ある日、ダイニングで千寿さんと一緒に食後のフルーツを食べていたら、たまたまキッチンに来た義母と鉢合わせた。

優しい千寿さんの言葉を真に受けていた私は、不用意にも義母の前で「お兄ちゃん」と呼んでしまう。

そのときの恐ろしい義母の顔は、今でも鮮明に覚えている。

彼女は眉を吊《つ》り上げると、「お兄ちゃんだなんて、とんでもない！」、「母親に似て図々しい！」と血相を変えて喚《わめ》き散らした。

「母さん、いい加減にしろよ！　どうしてそんな意地悪を言うんだ！」

席から立ち上がった千寿さんとのあいだで激しい口論が始まって。

目の前で繰り広げられる光景に、私は幼いながらに自分の失敗を悟った。

「だからこんな子を引き取りたくなかったのよ！」

義母が捨て台詞を吐《は》いて去っていき、千寿さんが必死で私を慰めてくれる。

近くで見ていた村口さんが、「お可哀想に。千代さんに罪はないのに……」と呟《つぶや》くのが聞こえた。

――ううん、違う。私がこの家に来たからみんなが困ってるんだ。

お母さんだって私にしょっちゅう怒っていた。ここでも叱《しか》られるのは仕方がない。だって私が悪いのだから。

私は早々に、『お兄ちゃん』と呼ぶのをやめた。


父の海宝千晃は個人で食品専門商社『KAIHO食品』を立ち上げ、一代で財を成した、いわゆる『成り上がり』だ。企業のパーティーで貴島家令嬢である苑子さんに見初《みそ》められ、彼女の実家の反対を押し切って『授かり婚』をした。最終的には孫可愛さで貴島のご両親が折れた形だったらしい。

苑子さんは財閥系の血を引く生粋《きっすい》のお嬢様だ。実家が老舗《しにせ》の百貨店や不動産を経営しており、親戚には銀行の重役や大企業の社長が名を連ねている。

父は結婚後から飲食業にも進出し、会社を今の規模まで大きくしていった。そこには当然貴島家の力が働いていただろう。妻の実家の援助で規模を広げた海外事業の場で、ほかの女と浮気して子供まで作っていた。二人の子供と平和な家庭を築いていたところにいきなり私のような爆弾が落とされたのだ。彼女の怒りは相当なものだったに違いない。

今や夫婦仲は、私が見てもはっきりわかるほど冷え切っている。父は仕事を理由に留守がちで、たまに帰って機嫌を取るようなことを言っても苑子さんと二千夏さんが蔑《さげす》みの目で見るという構図が出来上がっている。

外では仲のいい夫婦を演じているようだが、家庭では必要最低限の会話しかしていない。

苑子さんは専業主婦だが奥様同士の集まりでしょっちゅう一人で出掛けているらしい。

らしいというのは、これらの話はすべて千寿さん経由でやんわりと伝えられただけだから。私は義母と二千夏さんと一緒に食卓についたこともなければちゃんと話をしたこともない。

「千代、そういうわけで母さんと二千夏はあんなふうだけど、どうか許してやってほしい。けれど千代だって海宝家の人間なんだ。欲しい物やしたいことがあれば遠慮なく俺に言えばいい。何も心配しなくていいからね」

そう言って、中学に上がる前に千寿さんから海宝家の事情を聞かされた。

それまでも幼いながらに自分の立場をわかってはいたが、改めて話を聞いたことで呑《の》み込めた。

父は妻に頭が上がらない。そして私が疎《うと》まれるのも、肩身の狭い生活を送るのも仕方がないことなのだ。施設に入れられなかっただけでも感謝しなくては……。

――そのうえ私は海宝家のお荷物なんだし。

私の心臓病が発見されたのは、海宝家に引き取られた直後。こちらの小学校に転入するために医師の証明書が必要らしく、引っ越してすぐに都内の『天方内科・循環器科クリニック』に連れて行かれて健康診断を受けたときのことだ。

院長の天方伸元《のぶちか》先生は、もとは大学病院の循環器内科部長まで務めた人物だ。海宝家とは、お互いの息子が同じ学校の幼稚舎から通っていた縁で、家族ぐるみで親しくしているということだった。

診察の結果、私の心電図と血液検査で異常が見られるということで追加の検査をされた。そして下された診断が『拡張型心筋症』だ。

『拡張型心筋症』とは、心臓の筋肉がペラペラに薄くなり、風船みたいに拡張していく病気だ。進行に伴い心臓の収縮力が低下してしまい、正常に機能しなくなる。

レベルは症状のないものから動けないほど重症なものまで様々で、ときには突然死することもあるらしい。

残念ながら心筋そのものを正常に戻す治療はなく、根治療法は心臓移植のみだ。それ以外は薬や対症療法で悪化を抑えるしかない。

「現時点では自覚症状がないようですが、今後悪化する可能性は大いにあります。投薬治療を開始しましょう」

先生は父にそう説明したあと、私に向かって微笑んだ。

「千代ちゃん、心臓に負担をかけないよう、今日からおりこうにできるかな？　塩辛い食べ物も我慢だよ」

激しい運動やストレスを避《さ》けた生活をするよう言い渡され、以来十六年間、二十三歳の今まで身体に爆弾を抱えて生きている。

私が天方士貴さんと出会ったのは、小二の六月。はじめての入退院で落ち込んでいたときだった。

最初の健康診断で『拡張型心筋症』と告げられた私だが、自覚症状はまったくなく、病気についての説明もちゃんと理解できていなかった。新しい学校ではクラスメイトに病気のことを言い出せず、体育の授業も普通に受けていた。

ある日の休み時間、友達から外遊びに誘われた私は皆と一緒にドッジボールをした。その最中に動悸と息切れを起こし、気分が悪くなって吐いてしまう。学校からの連絡で迎えに来た村口さんと天方クリニックを受診したところ、そのまま近くの総合病院に入院することになってしまった。

転校してたった二ヶ月でこんな大騒ぎを起こしたこともショックだが、クラスメイトの前で吐いてしまったことも恥ずかしくて仕方がない。だからそのときは、「学校を休めてよかった」なんて呑気《のんき》に考えていたのだが……。

私の病気は徐々にではあるが悪化していたらしい。症状が落ち着いて退院したあとも、しばらく自宅療養するよう言い渡されてしまう。

退院した日の夕方、天方先生が私の部屋まで往診に来てくれた。その日はいつもと違い、見知らぬ青年を連れている。

「コイツは私の息子で士貴というんだ。千寿くんとは学校が同じで親友なんだよ」

大人っぽい雰囲気《ふんいき》を纏《まと》った彼は、十六歳になったばかりの高校一年生だという。先生から促され、「こんにちは」と挨拶《あいさつ》したきり黙り込む。

背格好は千寿さんと同じくらいだろうか。長身で手足も長く、モデルみたいな体型だ。黒い瞳に黒い髪。綺麗《きれい》な顔をしているが、鋭《するど》い目つきはちょっと怖そうに見えた。

「愛想はないが勉強はできるんだ。学校の宿題でわからないところがあれば聞くといい。あっ、千代ちゃんにお土産があるんだよ……ほら、士貴」

先生に目配せされて、士貴さんが手に持っていた紙袋を私に差し出してくる。受け取って中を見ると、グリム童話の絵本だった。

「千代ちゃん、私は下でお母さんと話をしてくるから、そのあいだに本を読んでもらうといい。士貴、頼んだぞ」

先生が部屋を出ていくと、士貴さんは近くの椅子を持ってきてベッドの横で腰掛けた。

「……絵本は好き?」

私が黙ってうなずくと、彼はちょっと気まずそうに頭を掻《か》いて、私の手から絵本をヒョイと取り上げる。

「お姫様の話がいいのかな……『ラプンツェル』、『シンデレラ』、それとも小さい子には動物がいいのか？」

ぶつぶつ呟いているのは、どうやら独り言らしい。私のほうを見るでもなく、絵本のページをめくって頭をひねっている。

「動物……『金のがちょう』とか……」

「『シンデレラ』が、いいです」

思わず声を出していた。

『シンデレラ』のお話なら知っている。保育園で紙芝居を見せてもらい、シンデレラが魔法の力で変身するシーンに憧れた。家に帰ってその話をしたら、母が図書館で絵本を借りて読んでくれたのを覚えている。

「わかった、『シンデレラ』だね」

士貴さんは『シンデレラ』のページを開いてゆっくりと読み始める。特に感情を込めたり抑揚をつけるわけではないけれど、穏やかで落ち着いた声は妙に耳に心地よく、「ずっとこのまま聞いていたいな」と思った。

読み終えた彼が、困ったように視線を上げる。

「もう一度、読む？」

「もう一度」

「うん、わかった。昔々、あるところに……」

幼い子供のわがままに付き合って、その後も彼は繰り返し同じ話を読み続ける。三回目を読み終えたとき、部屋のドアが開いて千寿さんがひょっこりと顔を出した。

「よっ、士貴。さっきそこで天方先生に会って、おまえがここにいるって聞いたんだ」

千寿さんが部屋に入ってくると、士貴さんがほっとしたように表情を緩めた。やはり私と二人きりでは気まずかったらしい。

「千代、身体の具合はどうだ？」

千寿さんは自分も椅子を持ってきて士貴さんの隣に座ると、ベッドの私に微笑みかける。

「うん。今、絵本を読んでもらってたの」

「絵本？　ふはっ、士貴が読んだのか、笑える」

「笑うなよ、千代ちゃんは喜んでくれたんだからな」

千寿さんは士貴さんの手から絵本を奪うと、目で文字を追った。

「どれどれ、『シンデレラ』か。たぶん士貴より俺のほうが上手いな。千代、お兄ちゃんが読んでやる」

千寿さんが読み終えると、今度は士貴さんが「俺のほうが上手かった」と本を奪う。

「いや、士貴は『ビビデバビデブー！』とか軽やかに言えないだろ」

「言えるって！」

しまいには二人で一ページずつ交互に読み始め、読み終えると顔を見合わせて大笑いする。釣《つ》られて私も笑い出すと、千寿さんと士貴さんが心底嬉《うれ》しそうに微笑んで、今度は違うお話を読んでくれた。

そんなふうに笑ったのは久しぶりで、気持ちが軽くなった私は、その夜ぐっすり眠ることができた。

あれは今思えば、天方先生の配慮だったのだろう。部屋で一人寂しく過ごす私を可哀想に思い、少しでも話し相手になればと息子を連れてきたのだ。

年頃の男子高校生が小学生の相手だなんて、迷惑以外の何ものでもない。けれど士貴さんはその場に居続けてくれた。彼は優しすぎるのだ。あの頃からずっと。

そしてその日を境に、彼は天方先生のお供として、また、天方先生が来ない日も千寿さんの親友としてたびたび私の部屋を訪れるようになる。

彼は口数が少ないものの、決して突き放しているわけではない。私のつたない話を馬鹿《ばか》にせずじっと聞いてくれ、「俺は面白い話ができないから」と絵本を繰り返し読んでくれる。

それがとても嬉しくて、私はいつしか士貴さんが部屋を訪れるのを心待ちにするようになっていた。

遅れがちな勉強も、千寿さんと士貴さんが助けてくれた。二人はとても教え上手で、教科書だけでは難しかったところも噛《か》み砕《くだ》いて根気よく説明してくれる。そうするとすんなり頭に入ってきて、学校に戻ったときも問題なく授業についていくことができた。

「士貴さん、算数のテストで百点をもらえたの」

「そうか、頑張ったね。これはご褒美だよ」

士貴さんが飴玉を手渡しながら、もう片方の手で私の頭を撫《な》でる。そうされると触れたそこから熱が伝い、胸の奥がほんわかと温かくなって。

こんなのもう、ハートを盗まれるに決まってる。

――ああ、好きだな……。

それが私の初恋で、長い長い片想いの始まった瞬間だ。


けれど、そんな私たちの交流を快く思わない人がいた。義母と二千夏さんだ。

あれは私が小学校三年生になったばかりの頃。風邪をこじらせて呼吸困難になり、一週間ほど入院して退院してきた直後のことだ。

私がベッドでウトウトしていると、突然廊下のほうから大声が聞こえてきた。びっくりして目を開く。どうやら声の主は千寿さんと二千夏さんで、部屋の前の廊下で言い争っているらしい。

「どうしてあの子はよくて私は駄目なの⁉」

その言葉にハッとした。二千夏さんが言う『あの子』とは、私のことに違いない。

「二千夏は休まず学校に通えているし、塾にも行ってるじゃないか。成績も悪くないんだから問題ないだろう？」

「だったらあの子だってお兄ちゃんが教えてるから問題ないじゃない。私は受験生なのよ。私だって士貴さんに勉強を教えてほしい！」

どうやら二千夏さんは中学受験をするらしい。そのため士貴さんに家庭教師をしてほしいと強請《ねだ》っているのだ。

「士貴は天方先生から千代の相手をするよう頼まれてるんだよ。それでちゃんとバイト代ももらっている。そのうえおまえの面倒も見るなんて無理だって」

「だったら千代のほうを辞めればいいでしょ？　バイト料だったらお母さんがいくらでも払ってくれるし。ねえ、お兄ちゃんから頼んでよ」

「お金の問題じゃないんだって」

「何よ、二人して千代、千代って……お母さんだって怒ってるんだからね！　あの子はちょっと可愛い顔をしているものだから、調子に乗ってるって」

浮気相手の子だというのはもちろんだが、儚《はかな》げにしていて男どもがちやほやしているのも気に食わない。何より名前に『千』の字が使われているのが腹立たしい。あの子の母親も、隠れて産んだのなら一生隠し続けていればいいものを……と苑子さんが語っていたらしい。

続けて二千夏さんは自分の不満も千寿さんにぶつけた。

「お兄ちゃんは女子から王子様だとか持て囃《はや》されているけど、全然王子様なんかじゃないから！」

妹の自分にはまったく優しくないいし、千代をいじめるなとか説教をするから好きじゃない。士貴さんも最近はすぐに千代の部屋に行ってしまうから面白くないとわめき立てる。

「千代ばっかりズルい！　何よ、病弱ぶって！」

「二千夏、声が大きい！　千代に聞こえるだろう！」

「聞こえればいい！　お兄ちゃんなんか、大っ嫌い！」

「おまえなぁ……」

大きな足音がバタバタと走り去っていく。たぶん二千夏さんだ。そのあと廊下がシンとして、千寿さんがドアの前で佇《たたず》む気配がする。

――そうか、そこまで私は嫌われているんだ。そして二千夏さんも士貴さんのことを……。

胸の奥がチクリと痛む。病気のせいじゃない、心が痛いのだ。

母がつけてくれた私の名前は、義母にとっては忌《い》まわしいものでしかなくて。私が好きな人は二千夏さんが好きな人で。

調子に乗るとかズルいとか。もしもそんなふうに思っているのなら、どうか私と変わってほしい。

――だって私は、可哀想な病人としか見てもらえないのに。

千寿さんが言っていたことが本当なら、士貴さんがここに来るのはただのアルバイトだ。父親に頼まれて仕方なく顔を出しているだけで、心の中では迷惑しているに違いない。

――それに私は八つも年下の子供で、愛人の娘で、そのうえ心臓も悪くて……。

欠点ならいくらでも挙げられるのに、自慢できることなど一つもない。

その点、二千夏さんは本物のお嬢様だ。医者の息子の士貴さんとお似合いだと思う。

――健康で、士貴さんと釣り合う二千夏さんが羨《うらや》ましい……。

そのとき部屋のドアがノックされた。私は慌てて背を向けて、肩まで布団を被って寝たふりをする。

「はぁ～っ」

大きなため息が一つ。千寿さんは私と二千夏さんの板挟みにあって困っているのだ。

「千代は何も悪くないのにな……」

布団にポンと手を置かれ、申し訳なさが募《つの》っていく。なんだか泣きたくなってきた。

――千寿さん、ごめんなさい。生まれてきちゃってごめんなさい。この家に来ちゃってごめんなさい。

けれどここから出ていく勇気も、この手を振りほどく覚悟もなくて。

背中を向けていて本当によかった。そうじゃなきゃ、噛み締めた唇に気づかれてしまう。


トントン……と、遠慮がちにドアがノックされる。

ここを訪れる人なんて限られている。これはきっと……。

ドアが開き、誰かがベッドに近づいてきた。

「士貴、来たのか」

――やっぱり士貴さん！

「お見舞いのイチゴを持ってきたんだが……千代ちゃんは眠っているのか？」

「俺が来たときにはもう寝ていた。呼吸は落ち着いているから問題ない。それよりも……」

「ああ、さっきそこで二千夏ちゃんに会ったよ。家庭教師をしてくれって頼まれた」

私の肩がピクッと跳ねた。二人に気づかれないよう必死で息を押し殺す。

――そうか、二千夏さんは士貴さんに直接頼んだんだ。それで士貴さんは？

全神経を二人の会話に集中させる。彼は二千夏さんの家庭教師を引き受けたのだろうか。

私のところには、もう来ないのだろうか。

「悪いけど、無理だって断わらせてもらった。今の俺は千代ちゃんのことで手一杯だ」

「まあ、そうだろうな」

それを聞いてほっとしている自分がいる。二千夏さんに悪いと思いながらも、士貴さんと会える時間を失いたくなくて。

千寿さんが会話を続けた。

「母さんが、千代の心臓移植を反対してるんだ」

私は知らなかったが、父が心臓移植のために私を連れて渡米するという提案をしていたらしい。それに対して義母が、『そんな危険性の高い手術をさせないほうがいい』と反対したのだという。

「父さんは、母さんから『あなたは千代に付き添ってまたアメリカに行きたいだけなんじゃないですか？』……って言われた途端に黙り込んじゃってさ。それで引き下がる父親も情けないけど、母さんもひどい。危険性がどうとか言ってるけど、あんなのは……」

「ああ、そんなのただの嫌がらせだ。くそっ！　あの人たちは、千代ちゃんが死んでも構わないっていうのか……」

士貴さんが途中で言葉を引き継ぐと、千寿さんは「俺はあんな両親の息子に生まれたことを心から恥じているよ」と絶句した。

二人の会話を聞きながら、『ああ、私は手術できずに死ぬんだな』と考える。

不思議なことに、絶望とか悲しいという気持ちはまったくない。それよりも、『死ぬならこれ以上誰にも迷惑をかけたくないな』と思った。

生まれてずっと、皆に疎《うと》まれてばかりの人生だ。だったらせめて、少しでも早く、あっさりと死んでしまいたい……。

小学三年生の春。小さな子供なりに導いた結論が、それだった。


そうは言っても八歳児に何ができるわけでもない。私は相変わらず入退院を繰り返し、皆のお荷物なまま月日は過ぎていく。

二年後、私は小学五年生になり、千寿さんと士貴さんは内部進学で大学へと進んだ。

附属高校からの進学とは言っても、名門私立なだけにレベルが高い。特に士貴さんは競争率の高い医学部だ。彼は高校入学後に塾の時間を増やして成績トップをキープし、数少ない推薦枠を勝ち取ったのだと千寿さんから聞いた。

それでも医学部の二年になるまで私の家庭教師を続けてくれたのだから、相当に頭がよかったのだろう。

おかげで私は受験に成功し、都内の私立高校に進学することができた。

千寿さんは大学卒業後すぐに『ＫＡＩＨＯコーポレーション』本社に就職し、父親の跡を継ぐべく営業部で働きだした。相変わらず一人暮らしはせず、自宅からの通勤だ。

その頃になると、士貴さんの様子については天方先生や千寿さんからたまに聞ける程度で、直接会う機会はほとんどなくなっていた。医学部の勉強はそれだけ大変だったのだろう。

彼が来てくれなければ私から会いに行く理由がない。寂しいけれど、このまま疎遠になるものだと諦めていたのだが……。

医師国家試験の合格発表翌日、なぜか士貴さんが私の部屋まで会いに来てくれた。

「えっ、士貴さん……もう合格祝いは終わったんですか？」

今日は私を除いた海宝家の皆で士貴さんの国家試験合格を祝っていたはずだ。昨夜、二千夏さんがここに来て、「明日のお昼は士貴さんのお祝いをするから、絶対に部屋から出てこないで」と念押しされていた。

「ああ、あっちは少し顔を出して失礼してきた。俺があの人たちに祝ってもらう理由がないからね」

二千夏さんには悪いけれど、久しぶりに士貴さんの顔を見られたのが嬉しい。

「今日は士貴さんに会えると思っていなかったです……あっ、医師国家試験に合格、おめでとうございました！」

こんなことなら何かお祝いの品を用意しておくのだった……と一瞬考えたが、そんなのは無駄だと苦笑する。

だってバイトもしていない私のお小遣いなどたかが知れているし、士貴さんに似合うような高価な品など買えるはずもない。

　そんなことを考えていたら、士貴さんが予期せぬことを口にした。

「千代ちゃん、俺、アメリカに行くよ」

「アメリカ……ですか？」

　卒業旅行か何かだろうか。だったら千寿さんと一緒に行くのかな……などとぼんやり思う。

「父のアメリカ留学時代からの親友が有名なドクターで、俺をロスの病院に呼んでくれているんだ」

　そこで彼に師事するつもりだと語るのを聞いて、私はようやくこれが、旅行などという浮ついた話ではないと気がついた。

　彼は以前からアメリカで働くことを決めており、ＵＳＭＬＥ《米国医師国家試験》の筆記試験はすでに大学在学中にクリアしているのだという。

「あとは向こうで実技試験に合格すれば、研修医として働ける。一日も早く渡米して仕事を始めるつもりだ」

「出発は、いつですか？」

「来月」

　――そんなにすぐ!?

あまりにも突然すぎる。だって私は、彼がこのまま附属の大学病院に勤務するものだと思っていたのだ。

向こうで一人前になるには最低でも七年はかかるだろう……と言われて目の前が真っ暗になる。

「それって……もう帰ってこないんですか？」

思わず声を震わせた。海外なんて、私にとっては未知の世界だ。向こうに行ってしまえば二度と会えないかもしれない。

けれど彼はゆっくりと首を横に振る。

「俺は絶対に帰ってくるよ」

「……絶対に？」

「ああ、俺は千代ちゃんを助けたい。アメリカでいっぱい学んで一人前の医師になって帰ってくる。だからどうか、俺を信じて待っていてほしい」

「私は……」

そんな約束するだけ無駄だ。私の病気は心臓移植しない限り治りはしないのだから。

七年先まで私が生きていられる保証はない。彼が本当に帰ってくるのかもわからない。

——けれど……。

もしも叶《かな》うのであれば、『お帰りなさい』と言わせてほしい。

「……士貴さんが助けてくれるんですか？」

「ああ、俺が千代ちゃんを助けてみせる」

「待っています。だから、アメリカで立派なお医者様になってくださいね」

「ああ、千代ちゃんも……おりこうにな」

頭をくしゃりと撫でられて、別れの実感が私を襲う。泣きたくなるのをグッと堪《こら》え、私は笑顔を浮かべてみせた。

「ふふっ、おりこうって、私はもう高二になるんですよ」

「そうか……そうだな、君はもう立派な女性だ。本当に」

彼が優しく目を細め、手のひらを私の頰に滑らせた。触れた場所からじわりと疼《うず》く。嬉しさと切なさが同時に込み上げてきた。

――そうか、私はまだ生きていていいんだ。

心の奥に『希望』という名の火が灯《とも》る。彼に会えなくなるのは辛《つら》いけど、代わりに『再会する』という目標ができた。

生まれてはじめて『生きたい』と思った瞬間だ。

彼が差し出してきた右手を握ると、さらに強い力で握り返される。大きな手のひらの温もりが、私の心の支えになった。

それから六年後、通信制大学を卒業した私は千寿さんの下で働き始め、未熟ながらも秘書としての生活をスタートさせる。

そして社会人二年目の春。私は想像もしていなかった結婚話を聞かされるのだった。

＊＊＊

「――結婚⁉」

まったく予期せぬ展開に、私は素《す》っ頓狂《とんきょう》な声を出す。

――だって結婚って……士貴さんが、私と？

慌てて士貴さんを見ると、彼は黙ってうなずいてみせる。

「あの……何かの間違いじゃないでしょうか」

だってそんなのあり得ない。今まで彼から恋愛感情を向けられた覚えはないし、ここ何年かは顔を合わせてもいなかったのだ。帰国早々こんな話が出るなんて、それこそ勘違いか時差ぼけでおかしくなったとしか思えない。

――まさか父に脅《おど》されて⁉

そういえば父は、『彼を逃すわけにいかない』などと物騒なことを言っていた。かなり無理強いしているのではないだろうか。

「士貴さん、お医者様を辞めちゃうんですか？　それでこの会社に就職する条件として、無理やり私と結婚を……」

「ちょっと待った、どうしてそんな考えになるんだ。俺は医師を辞めちゃいないし会社員にもならないよ」

私の推理は速攻で否定された。

驚くことに、彼は循環器内科医ではなく心臓外科医になったのだという。アメリカで心臓血管外科エキスパートの資格を取っており、来週からは都内の循環器センターで働くのだと、彼が苦笑いしつつ教えてくれた。

――循環器内科じゃなくて心臓外科!?　それじゃあ、天方先生のクリニックは？

情報過多で脳の処理が追いついていかない。そうしている間《ま》に男性三人のあいだで話が進んでいく。

「海宝家ほどの名家であれば、仲介人を通して正式に見合いを申し込むべきなのでしょうが、幸いにも俺と千代ちゃんはすでに顔見知りです。それに……」

「ああ、千寿を通してくれて正解だったよ。アレは……妻はこの話を快く受け入れはしないだろう」

途中からは千寿さんが言葉を引き継ぐ。

「そのとおり。母さんを通したりしたら、千代に答えを聞くまでもなく即却下だ。まとまる話もまとまらない」

そしてとうとう私に話を振ってきた。

「千代、これはおまえにとって悪い話じゃないと思うんだ。士貴なら気心が知れているし、医師だから何かあればすぐ対処できる」

続いて父が、「千代だってあの家にいても気づまりなだけだろう？　士貴くんはこの近くのマンションに住むことになっていて、すぐに引っ越しできる状態になっているんだ」と続けたことで気がついた。

──ああ、これは確定事項だ。

父も千寿さんも士貴さんの帰国に驚いていないばかりか細かい打ち合わせまで済んでいる。私の前で予定調和のやり取りをしているだけ。

これは『意思確認』ではなく『説明と説得』の場なのだ。

──けれど士貴さんは、それでいいの？

「……士貴さんと私では釣り合わないです。それに私はこんな身体だし……」

恋愛や結婚に憧れはあるけれど、自分にそんなものを望む資格はないとわかっている。ましてや相手は二千夏さんの想い人。彼女を飛び越えて私だなんて、どう考えても分不相応だと思う。

「千代ちゃん、俺は君と結婚したいと思っている。これはずっと前から考えていたことなんだ」

——ずっと前？

士貴さんがまっすぐに私を見つめる。

「渡米前に『待っていてくれ』って言っただろう？　千代ちゃんは俺のことなんて忘れてしまっていた？」

「そんなことない！　また会えて嬉しいです！」

思わず大きな声が出た。

忘れるはずがない。士貴さんとの約束が私の生きる希望になっていたというのに。

私の言葉に彼がふわりと微笑んだ。

「俺はこうしてちゃんと帰ってきた。今度は君を助けるという約束を守らせてくれないか？」

「私は……」

父と千寿さんが固唾《かたず》を吞んで見守っている。そうだ、この二人もそれを望んでいるのだ。

「本当にいいんですか？」

「いいも何も、俺がそうしたいと言っている」

——本当に？

これは心臓が悪い女への、ただの同情なのかもしれない。

けれど彼は心臓外科医になって帰ってきた。それはもしかしたら私のために……などと考えるのは、愚《おろ》かな自惚《うぬぼ》れだろうか。

それでも私は彼の言葉が嬉しくて。その言葉に縋《すが》りたくて。

「……よろしくお願いします」

「ああ、こちらこそ、よろしく」

互いにお辞儀をしてから見つめ合う。私の頬がポッと熱くなった。

「よし、それじゃあ士貴、今後の相談だが……」

千寿さんが進行しての打ち合わせを終え、士貴さんは一旦自宅に帰って行った。

その夜、海宝家のリビングには嵐が吹き荒れた。

士貴さんが我が家を訪れ、家族全員を前にして私と結婚すると告げたのだ。

『お願い』ではなく『宣言』だ。

打ち合わせのときから義母と二千夏さんの反対は予想していたけれど、案の定……いや、それ以上に二人の反発は凄《すさ》まじかった。

「二千夏ならともかく、千代では士貴さんに釣り合いませんよ」

義母がそう口火を切ると、続く二千夏さんが「どうして⁉　千代なんて愛人の娘じゃないの！」と声を張り上げる。

「二千夏、おまえは言い過ぎだ」

千寿さんが私を庇《かば》った途端に二千夏さんがソファーから立ち上がった。

「私はずっと、士貴さんのことが好きだった！　この子でいいのなら、同じ海宝の娘の私でいいじゃない！」

「二千夏さん、俺は海宝の娘だから彼女を好きになったわけじゃない」

士貴さんが首を左右に振りながら答えると、彼女は「じゃあ何よ、身体が弱ければいいってわけ？」と涙目で訴える。士貴さんはそれには答えず、義母に視線を向けた。

「俺は千代さんを愛しています。彼女にプロポーズをして、本人からオーケーの返事をもらいました」

——えっ、愛⁉

こんなときなのに、『愛している』の言葉に胸が躍る。

もしかしたら、士貴さんは本当に私との結婚を望んでくれているのかもしれない。

動揺する私を尻目に、彼は父へと話を振った。

「海宝さん、よろしいですよね？」

「まあ、本人同士がいいのなら……」

父の言葉に義母と二千夏さんが血相を変える。

「お父さん！」

「あなた、じつの娘の二千夏が可愛くはないんですか⁉」

「いや、士貴くんが千代がいいと言っているんだし」

さっきから父が黙り込んでいたのは、妻の怒りの矛先が自分に向かうのを恐れていたからだろう。

気持ちはわかるけれど、すべての責任を士貴さんだけに押し付けるのは間違っていると思う。

――せめて私が……。

「私……私も、士貴さんと結婚したいと思っています」

ありったけの勇気を振り絞った途端、義母と二千夏さんがキッとこちらを睨《にら》みつけた。

「千代！　そんなことは絶対に許しませんよ！」

「あんた、身の程知らずもいい加減にしなさい！」

「千代さんに罪はありません。俺が彼女を望んでいるんです。それに、あなたがたに許されなくても、俺がここから連れ出すだけのことだ」

冷静に反論する士貴さんに、二千夏さんが唇を震わせた。

「千代……ぜんぶあんたのせい！　あんたが来たからうちの家族はおかしくなった！　そのうえ士貴さんまで私から奪うなんて、どれだけ恩知らずなの！」

最後は顔をくしゃくしゃにして、唾を飛ばしながら喚き散らす。

「あんたの心臓なんて、今すぐ止まってしまえばいい！　私たちのために今すぐ目の前から消えてよ！　とっとと出ていけ、疫病神！」

それを聞いた千寿さんが、目の前のセンターテーブルを両手で叩《たた》く。

バンッ！　と大きな音がして、その場が一瞬静まりかえった。

「……二千夏、おまえ、いい加減にしろよ！　暴言にもほどがあるぞ！」

「なっ、何よ、お兄ちゃんは本当の妹よりも愛人の娘を庇うわけ⁉」

「どちらも大切な俺の妹だ！　おまえがそういう態度だから、俺が千代を庇うしかないんじゃないか！」

――ああ、ぜんぶ私のせいだ。私のせいで海宝家のみんなが口論している。私は本当に疫病神で……。

「ごめんなさ……私……っ」

心臓がドクンと大きく脈打って、ギュウッと締め付けられる感覚がした。苦しくて息ができない。私は喘《あえ》ぐように口をパクパクと動かしながら、両手で胸を押さえて前かがみになる。

「千代ちゃん！」

「千代っ！」

両側から士貴さんと千寿さんが私の顔を覗き込む。その様子に二千夏さんが冷めた視線を向けた。

「またそうやって同情を引いて男どもを侍《はべ》らせてる。病気って便利に使えていいよね」

「二千夏、おまえは……っ！　千代、大丈夫か？　今すぐベッドで横になったほうがいい」

千寿さんは私の膝と脇に手を入れて抱き上げると、急いで私の部屋へと向かう。ベッドに私を横たえて、サイドテーブルの引き出しから舌下錠《ニトログリセリン》を取り出した。

「千代、口を開けて、舌を上げて」

小さな白い錠剤を舌の裏に置いて舐《な》めさせられる。ベッドサイドにある酸素濃縮器のスイッチを押し、経鼻《けいび》カニューラを鼻に装着してくれた。血圧が落ち着いたのか、呼吸が徐々に楽になってくる。

「ゆっくり息を吸って……そうだ、もう大丈夫だからな」

「千寿さ……ごめんなさい」

「どうして千代が謝るんだよ。俺こそ大きな声を出してごめんな、怖かったよな」

私は必死でフルフルと首を振る。千寿さんが謝ることなんて何もない。二千夏さんの言うとおり、私は疫病神だ。生みの母も、父も、海宝家のみんなも……私と関わったせいで不幸になった。

――士貴さんだってきっと……。

「千代、おまえは何も心配しなくていいんだ。俺と士貴で守ってやる。おまえは絶対にしあわせになるんだからな」

布団をポンと叩いて微笑んで、千寿さんは「眠っていろ」と言い残して話し合いの場に戻っていった。

けれどとてもじゃないが眠る気にはなれない。だって揉《も》め事の原因は私なのだ。士貴さんや千寿さんだけを矢面に立たせて安全圏にいるのは、それこそ『ズルい』と思う。

機械をオフにして経鼻カニューラをはずす。ベッドからそっと足を下ろして立ってみた。少しふらついたが呼吸はもう落ち着いている。私は部屋を抜け出すと、壁に手をつきながらどうにかリビングへと向かう。

ドアの前に立つと中から男性陣の声が聞こえてくる。どうやら義母と二千夏さんはもういないらしい。

「……士貴くん、頼みを聞いてくれて本当にありがとう。これでようやく肩の荷が下りる」

「父さん、千代はお荷物なんかじゃないよ」

「そのとおりだが……この家ではあの子は居心地が悪いだけだから」

「そんなの父さんが蒔《ま》いた種じゃないか」

——これは父と千寿さんだ。士貴さんに『頼み』って？

そのまま聞き耳を立てていると、父の声が続く。

「士貴くん、わかっているとは思うが……千代はあのとおりの身体だ。結婚しても子供を持つことはできないかもしれない」

「承知しています」

「この際はっきり言うが、私はあの子が結婚できるとは思っていなかった。千代に人並みのしあわせを味わわせてやれるのは、君のおかげだ。心から感謝しているよ」

今後あの子に何かあっても士貴くんは責任を感じなくていいし、その後は独身として自由にしてもらって構わない……と言うのを聞いて、心拍数がまた上昇するのを感じた。

「そんなことを言わないでください。千代さんは俺が死なせません」

「ありがとう……前にも言ったとおり、経済的な援助は惜しまない。もちろん渡米の際も君のバックアップをさせてもらうからね」

「そこまでしていただくわけには……」

「いや、士貴くんには多くの負担をかけるんだ。せめてこれくらいはさせてほしい」

「いえ、俺が望んだことですから」

――ああ、やはりそうだったんだ。

それを聞いて合点がいった。邪魔者の私を父も持て余していたのに違いない。優しい士貴さんは父の懇願を断りきれず、こんなお荷物を押し付けられてしまったのだ。

そして私の死後は自由にしていいと言われていて、そのとき彼はまたアメリカに戻るつもりでいる。そのための資金援助を父が負担することになっているのだ……。

胸が苦しくて仕方がない。心臓なのか肺なのか、心なのかもわからない。身体中が痛くてつらくて、それ以上聞き続けることができなかった。

私は喘ぐようにして部屋へと逃げ帰ると、ベッドに入って布団を被る。衝撃で足の先まで血の気が引いていく気がした。

——私は馬鹿だ。

士貴さんの言葉に浮かれて、彼がほんの少しでも私に好意を持ってくれているかもだなんて期待していた。

——やはり結婚の話は断ろう。

いくら父に頼まれたからといったって、彼にこんな重い荷物を背負わせるわけにはいかない。

そう決心したとき部屋のドアがノックされた。

「千寿さん？」

「いや、士貴です」

——士貴さん⁉

慌てて身体を起こしたタイミングでドアが開く。

「こんなところまで押しかけて悪かった。けれど君とちゃんと話をしたくて……」

――話って、父からの援助についてですか？

士貴さんは部屋の隅から椅子を持ってきて、ベッドの横で腰掛ける。幼い頃は、こうしてよく絵本を読んでもらったな……と考えたら、鼻の奥がツンとした。

「今日はいろいろあって驚いただろう？　事後承諾になってしまったから、ちゃんと千代ちゃん本人に俺の気持ちを伝えておきたくて」

彼は両手を伸ばし、布団の上で私の左手をぎゅっと握る。

「千代ちゃん、愛している。俺と結婚してください」

「士貴さん、私……」

そのとき彼が、スーツのポケットから四角いケースを取り出した。蓋《ふた》を開けて中からダイヤのついた指輪を手に持つと、私の薬指にはめてくれる。

「俺の奥さんになってくれるかな」

――ああ……。

私は本当に愚かだ。これは彼の本心じゃない。わかっていながら嬉しくて、こんなにも胸を震わせてしまう。

――それでも私は士貴さんのことが好きで、彼のお嫁さんになりたくて……。

「私で、いいんですか？」

「千代ちゃんがいいんだ」

——そんなの嘘《うそ》じゃないですか。

けれど……。

「嬉しい、です」

これは喜びの涙か悲しみの涙なのか。頬を伝う雫《しずく》を士貴さんが指先でそっと拭《ぬぐ》ってくれた。彼の顔が近づいて、私が黙って目を瞑《つむ》る。

濡《ぬ》れた目尻に口づけられた。「あっ」と思った次の瞬間、唇に柔らかいものが触れる。そこから甘い痺《しび》れが広がって、今にも全身が蕩《とろ》けてしまうかと思った。

——士貴さん、ごめんなさい。

同情でも打算でもいい。短いあいだでいいからあなたと一緒にいさせてください。

「士貴さん、好き……」

愛の言葉を吐きながら、私は死ぬまで彼に騙され続けることを心に誓う。たくましい腕に抱き締められて、涙がどんどん溢れてきた。

——ごめんなさい、ごめんなさい……。

憧れだったファーストキスは、涙と罪悪感の味がした。

マンションへの引っ越しと入籍は、二日後の水曜日に決まった。

なんとも早すぎる展開に驚いたけれど、千寿さんの「おまえは一日も早くこんな家から出たほうがいい。雑音には耳を傾けるなよ」という言葉で納得した。きっと今でも義母や二千夏さんが苦情を申し立てているのだろう。

父はいつものように多忙を理由に逃げまわり、千寿さんがすべてを一手に引き受けているのに違いない。申し訳ないと思うけれど、私にできる恩返しは早く屋敷から出ていくことくらいだ。

――迷惑をかける先が、千寿さんから士貴さんに変わるだけのことだけど……。

これではまるで、結婚も引っ越しも避難所扱いではないか。情けない自分に苦笑しつつ、私はスーツケースに黙々と荷物をまとめた。

火曜日の夜、二千夏さんが突然部屋を訪ねてきた。

「士貴さんはあなたに同情しているだけだから勘違いしないほうがいい」、「あんたは手術なんてできないし、結婚式もさせないってお母さんが言っていた」と一方的に言い連ねる。

――そんなことは言われなくてもわかってる。

「どうもお世話になりました」

私がベッドから降りて頭を下げると、最後に二千夏さんは、「あんたが出ていってくれたらせいせいする」と告げて去っていった。

この家自体には未練などない。けれど千寿さんと士貴さんと過ごしたこの部屋は、私の唯一の居場所だった。それを失うことへの不安とセンチメンタルを感じながら、私は翌日の朝、十六年間過ごした家をあとにした。

迎えに来てくれた士貴さんの車で門を出る。振り返ると、千寿さんと家政婦の村口さん、そして運転手の石田さんが玄関前で手を振っていた。涙腺が緩んでスンと鼻を啜《すす》る。

「千代ちゃん、俺がしあわせにするよ」

士貴さんがルームミラーを見ながら静かに告げる。

「はい、私も、少しでも士貴さんをしあわせにできるよう頑張ります」

「ありがとう。俺も頑張るし……二人で温かい家庭を築いていこう」

「はい」

それきり彼が黙り込み、私も黙って前を見る。言葉はなくとも士貴さんの隣は居心地がよくて、心の中がほんわりと温かくなっていた。


途中で区役所に寄って婚姻届を提出した。保証人の欄には父と千寿さんの名前が書かれている。役場の担当者に「ご結婚おめでとうございます」と言われ、士貴さんと揃《そろ》って「ありがとうございます」と頭を下げて。

うららかな四月の朝、こうして私は『天方千代』になった。

――今日から私は彼の奥さん。

デートさえしたことがないのに、紙一枚で夫婦になった。なんとも不思議な気分だ。

地上二十五階、地下二階のタワーマンションは、白い外壁の瀟洒《しょうしゃ》な造りになっていた。エントランスとは別に地下駐車場からも直接エレベーターに乗れる仕様になっている。それで五階まで上がると一番奥の角部屋へと進む。

「さあ、入って」

「……おじゃまします」

「君の家でもあるんだ。『ただいま』でいいんだよ」

玄関に足を踏み入れた途端、急に実感が湧いてきた。

士貴さんが私のスーツケースを引いて奥へと先導する。海宝家で私が使っていた荷物は村口さんと引っ越し業者が整理して送ってくれるそうなので、私は最低限の身の回りの品を持ってきているだけだ。

「素敵《すてき》なマンションですね」

まっすぐな廊下を挟んで左右に洋間。右側の洋間の向こう側に洗面所とバスルームがある。廊下の突き当たりが十六畳のＬＤＫで、スライドドアを開ければすぐそこが八畳のベッドルームだ。

「君が住んでいた家に比べたら、かなり狭いと思うけれど」

たしかに海宝の家は豪邸ではあったけど、私が使っていたのは自室とダイニングルームくらいなものだ。母と住んでいたアパートの記憶もうっすらと残ってはいるが、玄関からすぐの洋間に小さなキッチンがあり、あとは年中布団を敷きっぱなしの畳の部屋があっただけ。二十三区内で三ＬＤＫのこのマンションは、十分豪華だと思う。

「息子の帰国に合わせてマンションをプレゼントだなんて、天方先生は本当に士貴さんを可愛がっているんですね」

「いや、これは……」

彼は何かを言いかけたけれど、「まあ、千代ちゃんが気に入ってくれれば何よりだ」と話を変えた。

私に与えられたのは廊下右側にある七畳の洋間だ。一・五畳ほどのウォークインクローゼットがついているうえ、玄関にもバスルームにも近くて便利。中にはすでに、白いシーツがかかった電動のシングルベッドが置かれていた。ご丁寧にも新品の酸素ボンベや酸素濃縮器、経鼻カニューラに呼び出し用のワイヤレスチャイムまで用意されている。

「白いシーツはとりあえずだから、千代ちゃんが好きな柄《がら》に替えればいいよ」

「あの、私はここで寝るんでしょうか」

「あっ、ああ。一人のほうがよく眠れるだろうから」

私だって最低限の知識はある。初夜の晩に夫婦が何をするのかとか、男女の営みの方法くらいは知っていた。

——士貴さんにはそのつもりがないということ？

たしかに士貴さんはみずから望んで私と結婚したわけじゃない。それでも結婚した以上は普通に夫婦生活を送るものだと思っていた。

——私の身体を気遣っているのか、それとも……。

ただ単純に、私に魅力を感じていないのかもしれない。そう考えると怖くなり、それ以上追求することはできなかった。その日はケータリングで食事を済ませると、別々の部屋で結婚初日の夜を過ごした。


翌日は昼過ぎから箱根《はこね》へと向かった。二泊三日の新婚旅行だ。急な結婚だったし義母の反対もあって挙式披露宴は一切なかったので、せめてもという士貴さんの提案だ。緊急時にすぐ対応できるよう自家用車で。途中で二度も休憩を挟んだため、二時間半ほどかけての到着となった。

士貴さんが予約してくれたのは老舗の高級旅館。しかも露天風呂付きの離れだ。床の間《とこのま》のある広い和室に黒い座卓が鎮座しており、隣の寝室には低い畳のベッドが置かれている。板張りの広縁《ひろえん》からは苔《こけ》むす中庭を眺《なが》められ、つくばいに張られた水が、春の柔らかい日差しを受けてキラキラと輝いていた。

都会の喧騒《けんそう》から離れた静かで情緒ある空間に感動する。

「千代ちゃん、疲れただろう。少し横になったほうがいいんじゃないか？」

担当の仲居さんが退室すると、座卓の向かい側から士貴さんが聞いてきた。

「いえ、大丈夫です」

彼の運転はとことん慎重で安全だった。周囲の車にどんどん追い越されていくたびに、私のほうが申し訳なくなったくらいだ。

彼は両手でハンドルをしっかり握り、無駄話もせずに運転に集中していた。少しの揺れさえ気にする姿は優しさに溢れていて、その横顔を見ていたら、嬉しいのに泣きたいような気持ちになった。

それにさっきの仲居さんの説明によると、食事も私に合わせた減塩食をオーダーしてくれているらしい。気配りの塊《かたまり》だ。

――こんなに素敵な人が、私と一緒にいてくれるだなんて……。

容姿端麗なだけでなく、実力も財力も申し分ない。そのうえこんなに真面目《まじめ》で思いやりがあって。

彼と結婚したいという人は、過去にもたくさんいただろう。よりにもよって、私なんかと関わってしまったばかりに……と罪悪感が募る。

「士貴さんこそ運転で疲れたんじゃないですか？　せっかくの旅行なのに気を遣わせてば

かりでごめんなさい」

「千代ちゃんは謝ってばかりだ」

彼は眉間に皺《しわ》を寄せ、不満げな顔で茶を啜る。湯呑みを茶托にコトリと置いて、大きく一つため息をついた。

「何度も言うようだけど、プロポーズしたのは俺だよ？　俺が求めて、君が応えてくれたんじゃないか」

彼は真剣な表情で、「君の家庭の事情も病気のことも知ったうえでプロポーズした」、「そんなに自分を卑下《ひげ》しないでほしい」と訴える。

「この新婚旅行だって、俺は楽しみにしていたんだ。だから君にも楽しんでもらえたら嬉しいんだが……」

——ああ、そうだった。

海宝の家を去るときに、少しでも士貴さんをしあわせにできるよう頑張ると決めたのだった。なのに後ろ向きに考えてばかりで、彼を笑顔にする努力さえしていなかった。

「士貴さん、ごめんなさい、私……」

「ほら、また謝っている。これからは『ごめんなさい』の代わりに『愛してる』って言ってくれたら嬉しいんだけど」

「えっ、あっ……愛してる⁉」

いきなりの提案に顔を真っ赤にした私を、士貴さんがハハッと笑う。

「冗談だよ。千代ちゃんは本当に素直でいい子だね。そんなところが……素敵だと思う」

彼は「キザだったかな……」と頭を掻いて、今度は自分の顔を朱《しゅ》に染める。

お互い顔を見合わせて、「ふふっ」、「ハハッ」と笑い合った。

彼は無表情だと冷たく見えるため、微笑んだときのギャップが凄まじい。

――今では怖いとも無愛想とも思わないけれど。

不意に笑いが途切れ、真剣な表情で見つめられる。

「……今日から『千代』と呼んでもいいだろうか」

はじめて呼び捨てにされた。新婚らしいやり取りに胸がときめく。

「もちろんです」

「それから……キスしても？」

「聞かなくてもいいです。だって……私たちは、夫婦なんですから」

士貴さんが座卓をまわり込み、私の横で正座した。私も彼に向き直ると、前からぎゅっと抱き締められる。目を閉じた直後、柔らかい唇が重なった。

「ん……っ」

すぐに離れると思った唇は、ずっと私の口を塞《ふさ》いだままだ。上手く息継ぎできずに首を振ると、ようやく士貴さんの顔が離れていく。

「千代、鼻で息をして」

「鼻……ですか？」

「そう」

言うが早いかすぐさまキスが再開される。今度は顔の角度を変えながら、強い圧で唇を押し付けられた。

気持ちいいのに苦しくて、私は酸素を求めて喘ぎを洩《も》らす。そこを彼の舌がこじ開けて、口内を満遍《まんべん》なく舐めまわす。舌先で上顎を擦《こす》られると、くすぐったいような刺激が走る。なぜか下半身が疼《うず》いてきた。

「ああっ！」

思わず大きな声が出る。途端に士貴さんの腕が緩み、身体も唇も解放された。彼は私の手をとると、慣れた手つきで脈拍を測り始める。

「……うん、大丈夫そうだ。ごめん、苦しかったね。でも、ありがとう」

「いえ、私も……その、嬉しかったので。ありがとうございます」

彼の瞳が細められ、優しくふわりと微笑んだ。

「千代は、嬉しかったの？」

「……はい、とても」

士貴さんが私の髪をサラリと撫でる。再び顔が近づいて、今度はチュッと軽く触れるだけのキスをされた。甘ったるいやり取りがなんだか面映《おもは》ゆくて、けれどやっぱり嬉しくて。

顔を熱くしてうつむくと、たくましい両腕で抱き寄せられる。トットットッ……と、少し速い彼の心音が聞こえてきた。

「正直に伝えてくれて嬉しいよ。もっともっと、君の本音を聞かせてほしい」

「士貴さんは、私が本音を伝えると嬉しいんですか？」

「嬉しい、とても。俺たちはまだぎこちないけれど、こうして気持ちを伝え合って、徐々に夫婦らしくなっていけたらいいと思う」

——だったら……。

私は士貴さんの胸から顔を離し、端正な顔をじっと見上げた。きっと彼の目には、緊張で強張《こわば》った私の顔が映っていることだろう。

「あの……抱いてくれませんか？」

「えっ」

士貴さんは短く声を発したきり、口をポカンと開けて固まった。

「私たちは夫婦になったんですよね？　だったら……」

「千代、君は心臓に持病があるんだ」

「そんなことは百も承知です！　けれど士貴さんは本音を言えって言ったじゃないですか。私は士貴さんと……本当の夫婦に、なりたいんです」

彼の瞳が激しく揺れた。私の両肩に手を置くと、顔をまっすぐ見つめてくる。

「……体調は？」

「大丈夫です」

「くそっ、最低だ！」

「えっ？　きゃっ！」

彼はいきなり私をお姫様抱っこすると、隣の寝室に運んでいく。ゆっくりと和風のベッドに下ろされた。まだ明るい時間だが、彼が広縁側の障子戸を閉めた途端に薄暗くなる。

彼がジャケットを脱ぎ捨て覆《おお》いかぶさってきた。唇が重なったと思うとすぐに舌が入ってくる。舌先が触れ、あっという間に絡まった。ピチャピチャという水音が、頭の中まで響いてくる。

白いワンピースを脱がされて、レースの飾りがついた下着が露《あら》わになる。肌を見せるのが恥ずかしい。けれどそれよりも、貧相な身体で幻滅されないかと、そちらのほうが気になった。

「あっ！」

とうとうブラジャーも取り除かれた。前を隠そうとする手を摑《つか》まれて、そのままシーツに縫《ぬ》い留められる。

「綺麗だ……とても」

胸の谷間に口づけられて、次の瞬間にはピンクの頂《いただき》を口に含まれていた。吸い上げられ、舌で転がされる。

「あっ、ん……っ」

生温かくて気持ちいい。舌が触れたそこから波紋のように快感が広がっていく。どこもかしこも敏感だ。全身がゾクゾクと粟立《あわだ》つ感覚があった。

片方の手で胸を揉み上げられた。先端をつままれた途端、キュッと子宮が収縮した。背中を反らして嬌声をあげる。

「やっ、ああっ！」

どうしてだろう。触れられていない秘部が疼いて仕方がない。

「士貴さん、駄目っ、私……」

「どうした、苦しいか？」

「違う……」

士貴さんが私の胸から顔を上げ、心配そうに見つめてくる。

――どうしよう。

夫婦はどこまで曝《さら》け出すものなのだろう。こんなことを口にしたら軽蔑《けいべつ》されてしまうかもしれない。

私の躊躇《ちゅうちょ》を見て取ったのだろう、士貴さんが口を開いた。

「千代……君が控えめなことはわかっている。だけどさっきみたいに気持ちをぶつけてくれないか?」

「気持ちを、ぶつける?」

「そうだ」

私を見上げて士貴さんがうなずく。

「痛くないか、苦しくないか。そして、どこをどうされたら気持ちがいいか、ちゃんと感じているか……包み隠さず伝えてほしい。君のことをぜんぶ知りたいんだ」

——ああ、そうか。

士貴さんは夫として、そして医師として、私の身体のことを把握しておく必要があると考えているのだ。

だったら私も恥ずかしがっている場合じゃない。感じたことをぜんぶ正直に伝えなければ。

「アソコが……下半身がヒクヒクして変なんです」

「……えっ?」

羞恥《しゅうち》に耐えて告白すると、彼が大きく目を見開く。

「こんなこと、ごめんなさ……あっ!」

士貴さんの右手がショーツに触れる。クロッチ部分をツイッとなぞり、「濡れてる

「……」と小さく呟いた。上体を起こして私の脚のあいだで陣取ると、あっという間にショーツを下ろしてしまう。

「いやっ、恥ずかしい」

「大丈夫、膝を立てて、ちゃんと見せて」

これは診察の一環なのだろうか。私は両手で顔を隠しながら、そろそろと両膝を立てる。

直後に左右に大きく開かれた。割れ目から空気が入り込む感覚がする。

「本当だ……すごくヒクついている」

指の隙間からチラリと様子をうかがうと、彼の頭が股のあいだに沈んでいくのが見えた。

──えっ⁉

肉厚な舌が中心線を舐め上げる。その上の蕾《つぼみ》をジュッと吸われると、強い刺激に腰が跳ねた。

「きゃあっ！」

「大丈夫か？」

大丈夫かどうかと聞かれれば、大丈夫じゃない気がする。だってこんなにも心臓がドキドキしている。けれどこのドキドキは、発作のときとは違うものだ。

「痛くない？」

「大丈夫です」

「続けていい？」

「続けて、ください」

痛くないし不快じゃない。むしろ心も身体もこの先を求めていて……。

女性のほうからこんなことを告げていいものだろうか。けれど士貴さんは、本音を聞かせてほしいと言っていた。

――包み隠さず……って言ってたよね。

「士貴さん、私……士貴さんの指でも唇でも、あなたに触れられるだけでぜんぶ気持ちがいいです。だからもっと……」

「千代……っ！」

「あっ！」

直後に指が挿入《はい》ってきた。ものすごい異物感だ。けれどそれが抽送を始めた途端、妙な疼きが湧いてきた。

「ん……っ、あっ、あんっ！」

「気持ちいい？」

「いっ、いい、です……っ」

――ああ、士貴さんの手だ。

私はこの手が大好きだ。

スラリとした指は一見女性かと見間違うほど綺麗だけれど、よく見ればしっかりと節くれだっている。手のひらは大きくて安心感があって、とても男性的で。

彼に勉強を教えてもらいながら、密かに見惚《みと》れていたものだ。

――それが今こうして私の肌に触れ、ナカで動きまわっているなんて……。

彼の長い指を思い浮かべた途端、蜜口がキュッと窄《すぼ》まった。

「すごいな、俺の指が食いちぎられてしまいそうだ」

「えっ？」

「大丈夫、嬉しいって意味だから。千代はそのまま感じて」

抽送が速められ、クチュクチュと粘着質な音が聞こえだす。そのリズムに合わせ、いつしか私の腰も動いていた。

「気持ちい……っ、士貴さん、気持ちいい」

「よかった。じゃあ、こっちも……」

再び蕾に口づけられた。舌先が粒の輪郭をなぞり、先端を突ついてくる。そのたびに私の下半身がビクンと跳ねた。

「クリが勃《た》ってきたね」

「えっ」

――たつ？

意味を確認する暇もなく、高速で表面を舐められる。同時にナカの指が天井を擦り出す。ナカと外とを攻められて、あっという間に波がやってきた。粒の先端が熱い。内壁が勝手に蠢《うごめ》いている。

「あっ……あっ、やっ、変！」

「変じゃない、感じてるんだ。イイって言って」

くぐもった声でそう言うと、彼はフィニッシュとばかりに舌と指のスピードをアップした。

「いっ、イイっ、士貴さん、イイっ！」

奥から痺れが迫り上がる。それが背筋を突き抜けて、あっという間に私の思考をストップさせた。

「やっ、ああーーっ！」

太ももをブルッと震わせ目を閉じる。

――あっ……。

目の前が真っ白になったその瞬間、私は意識を手放した。

目覚めると、そこにあるのは見知らぬ天井。私は一瞬戸惑ったものの、すぐにここが旅館の部屋だと思い出す。

——そうか、私はあのまま意識を失ってしまったんだ。

枕元のデジタル時計が午後五時を表示している。私は一時間近く寝ていたらしい。

隣を見ると士貴さんの姿がない。寝室から続く露天風呂のほうで人の気配がするから、一人で湯船に浸かっているのだと推測する。

頭と身体が少し重い。きっと興奮して血圧が上がったせいだ。

——けれど呼吸は落ち着いているから大丈夫。

それに何より、心がとても充実している。

「士貴さんが私のことを、『千代』って……呼んでくれた」

名前を呼び捨てにしてくれた。夫婦らしくなりたいと言ってくれた。身体に触れてくれた。それがぜんぶ嬉しい。

——私はあの手と唇でイかされて……。

そこまで思い出したところで顔が熱くなる。

男女の行為は自分の想像以上だった。キスをして、互いに触れて重なって。

言葉にすれば簡単だけど、実際にはそれだけで語りきれない濃密なやり取りがあるものなのだ。

——今はまだ、最後まではしていないけれど……。

それにしても嘘みたいだ。身体の中であんなふうに指が動くだなんて。

士貴さんはきっと慣れているのだろう。段取りがスムーズなうえに、あっという間に絶頂に導かれてしまった。

生まれてはじめてのエクスタシーは、天にも昇る気持ちよさで。

しかも最初からすごく感じてしまったし、声もたくさん出してしまった気がする。士貴さんは外科医だから手先が器用なのかもしれない。

「ううん、それだけじゃない。愛する人に触れられたから気持ちいいんだ」

士貴さんだから、大好きな夫だからこそ、私はすべてを曝け出せたのだと思う。

そろそろベッドを出ようと身じろぎしたところで、自分が旅館の浴衣を身につけていることに気がついた。

「えっ、どうして……」

たしか私は全裸になっていたはずだ。士貴さんに脱がされて、あちこち舐められて……。

そこまで考えたところで、彼が身体を綺麗にしてくれたのだと思い至る。たぶん彼は、私の全身を拭き清めてから浴衣を着せてくれたのだ。

「やだ、恥ずかしい」

思わず両手で顔を覆って悶絶する。

自分だけ気持ちよくなった挙げ句に気を失うなんて、とんでもないことだ。そのうえ汚れた身体の始末までさせてしまって……。

――士貴さんは私の身体をどう思っただろう。

身体を拭きながら隅々までじっくり見たはずだ。肉づきの悪い身体でガッカリしていなければいいなと思う。

「まずは謝らないと……ううん、違う。ありがとうって言わなくちゃ」

彼は私に『謝るよりも喜んでほしい』と言っていた。だったら私は全力で感謝の気持ちを伝えるまでだ。

士貴さんと結婚できて嬉しい、触れられて嬉しいと、言葉と態度で伝えよう。

――たとえ彼の本心がどうであろうとも……。

私は「うん」とうなずくと、浴衣を脱ぎ捨て露天風呂に続く引き戸を開けた。


士貴さんは案の定、檜《ひのき》の露天風呂で湯に浸かっているところだった。

「えっ、千代！」

彼は全裸にタオル一枚で現れた私を見上げ、まさかという顔で固まっている。

「あの……身体を綺麗にしてくれて、ありがとうございました。それから着替えも」

「あっ、ああ……」

「一緒に入ってもいいでしょうか」

「いや、それは構わないが……温泉には入ったこと、ある？」

「いえ、今まで一度も」

温泉への興味がありつつも、その機会がないまま今まで来てしまった。母とは旅行に行ったことなどなかったし、病気が発覚してからは長く湯船に浸からないようにしている。

「……短時間しか駄目だよ」

「はい」

彼がザバッと立ち上がって檜風呂から出てきた。ゆっくり手を引き誘導されながらも、私の視線は彼の裸体に釘付けになる。

「士貴さんは着痩《きや》せするんですね」

さっきはじっくり見る余裕がなかったけれど、改めて観察すれば見事な身体つきだ。肩にも胸にもほどよく筋肉がついており、腹筋もしっかり割れている。

——それに……。

「士貴さん、勃ってる」

途端に彼が天を仰《あお》ぐ。

「ちょっとそれ、言わないで」

「でも」

彼の屹立は雄々《おお》しく勃ち上がり、臍《へそ》につくほど反り返っている。そのままで大丈夫なのだろうか。

あまりの立派さに目が離せずにいると、士貴さんが耳まで真っ赤にして片手で自分の顔を撫でた。

「仕方ないだろう？　新妻がそんな姿で現れたら、こうなるに決まってるじゃないか」

「えっ、私に興奮しているんですか？」

「当然だ、ほかに誰がいるって言うんだ」

「やった！　嬉しいです」

彼の漲《みなぎ》りがピクンと跳ねる。再び彼が天を向き、「くっそ～、たしかに素直にとは言ったが……」と小声で呟くのが聞こえた。

士貴さんが先に湯船に入り、私が入るのを手伝ってくれる。

「あっ！」

両足が底についた勢いで前のめりになった。彼に抱き止められて、前から抱きつく形になる。

「大丈夫か？　気分が悪くなったらすぐに教えて」

「はい、大丈夫です」

果たしてこれを大丈夫と言っていいのだろうか。彼の屹立が私のお腹に当たっている。硬くてピクピクしているから気になって仕方がない。心臓がドキドキする。

一緒にしゃがんで湯に浸かる。前を向くように言われたので、彼の脚のあいだに座る格好になった。後ろから抱き締められると、すっぽり包まれているようで安心できる。

「気持ちいい？」

「はい」

この旅館の湯はアルカリ性単純泉と説明を受けているが、たしかに肌触りが柔らかで刺激が少ない気がする。

――むしろ刺激が強いのは……。

「士貴さん、あのっ、さっきから私の腰のあたりに、あの、当たって……」

背後から「はぁ～っ」と深いため息が聞こえてきた。

「こういうのは気づかないふりを……いや、素直にと言ったのは俺か」

お腹にまわされていた彼の両手が上へと移動する。後ろから私の胸をやわやわと揉み上げ、時折り先端をつまんで捏《こ》ねる。

「あっ、んっ」

「目の前に君の裸があって、興奮するなと言うほうが無理だ」

耳元で囁《ささや》かれ、湯の中の下半身がじわりと疼く。

左手の動きはそのままに、彼の右手が膝を割る。器用に花弁を開き、指の腹で入り口を上下に撫でた。

「ヌルヌルしているね」

再び耳元で囁きながら、うなじに口づけてくる。

「士貴さん、私……アソコがまた……っ」

「ヒクヒクしてるの？」

無言で問いにうなずくと、脇を抱えて立たされた。

「長く湯に浸かるとのぼせてしまう。立って……そこに両手をついて」

言われるままに、檜の木枠に両手をついた。

「脚を少しだけ開いて。お尻を突き出してほしい。もっと」

彼に向けてお尻を突き出した途端、内股に生温かいものがピタリと当たる。

——えっ？

私はこの感触を知っている。熱くて硬くてピクピク動く……士貴さんの立派な分身だ。

それが私の股に挟み込まれたかと思うと、突然前後に動き出した。

「嘘っ、あっ！」

私の腰を両手で摑み、彼が恥骨をぶつけてくる。剛直が花弁を捲《めく》り、割れ目を擦る。先端が蕾を引っ掻いていく。

「あっ、やっ、すごい……っ！」

「は……っ、滑りがいいな。千代がお湯の中にいるときからトロトロにしてたから」

「恥ずかしい……です……っ」

「君は力を入れなくていい。ただ感じて気持ちよくなればいいから」

そんなことを言われても、コントロールのしようがない。

屹立が往復するのに合わせて蜜口が収縮を繰り返し、太ももがブルブルと震える。強烈な快感を逃そうと、私はお腹に力を込める。

「……っは、千代、大丈夫か？」

「大丈夫……なので、士貴さんも、気持ちよく、なってください」

「俺もちゃんと気持ちいい。俺がこんなふうになるのは……君にだけだ」

――そんなことを言われたら、嬉しくて感じすぎてしまう！

「ほら、最後までしなくたって……こんなに、気持ちよくなれる」

背筋を快感が走り抜ける。立っているのも限界だ。

「士貴さんっ、私、もう……っ！」

「うっ……は……っ……出るっ！」

股の間から彼の屹立が引き抜かれる。直後に彼の呻《うめ》きと共に、熱いほとばしりを背中に感じた。

――よかった、士貴さんも一緒に達してくれた。

途端に力が抜けて、私は木枠に額をつけてしゃがみ込む。

「マズい、すぐにベッドに行こう」

彼に抱き上げられて、バスタオルで包まれた格好で寝室に運ばれた。彼はベッドに私を横たえるとすぐに血圧を測り、指にパルスオキシメーターをはめて血中酸素飽和度を調べる。携帯型心電計で心電図をチェックして安堵の息を吐いた。

「よかった。異常波形は出ていないな」

「少しのぼせただけです。温泉ははじめてだったから……」

実際、頭がぼんやりするだけで胸は苦しくない。それに自分から湯に入ったのだから、すべて私の自業自得だ。

「ごめんなさい」

「いや、俺が気をつけるべきだったんだ。今日はこのまま休んでいてくれ」

士貴さんは携帯用の酸素ボンベを開栓し、経鼻カニューラを繋いで私の顔に装着してくれた。手ぬぐいを氷水で冷やして額に載せてくれる。

――ああ、せっかくの旅行なのに迷惑をかけてしまった……。

私はそのまま眠ってしまったようだ。目が覚めると外は真っ暗で、枕元にある行燈《あんどん》ふうのライトがオレンジ色の光をぼんやりと放っている。

「目が覚めた?」

至近距離から穏やかな声で問いかけられる。顔を向けると、すぐ隣に士貴さんが横たわっていた。彼は肘枕をついた姿勢でこちらを見守っていたが、目が合うと安心したように表情を緩めて起き上がる。

「気分はどうかな。呼吸は苦しくない？」

ずっと氷水で冷やし続けてくれていたのだろうか。額に載っている手ぬぐいがまだ冷んやりとしている。士貴さんが手ぬぐいをどけて桶の中にポチャリと戻し、手のひらで私の額に触れた。その手も冷んやりとしていて心地いい。

「今は何時ですか？」

「もうすぐ夜の八時かな」

「えっ、嘘っ！」

夕食はたしか午後七時からで予定していたはずだ。とっくに過ぎてしまっている。

慌てて身体を起こしたら目眩《めまい》がした。士貴さんに背中を支えられながら、枕に頭を沈める。

「大丈夫、時間をずらすようお願いしておいたから。食べられそうなら今から連絡を入れるが、どうする？」

「お願いします」

「時間をかけないほうがいいな。まとめて持ってきてもらうから、このまま休んでいてくれ」

さすが特別室だけあって融通が利くのだろうか。士貴さんがフロントに電話をかけると、ほんの十五分ほどで料理が運ばれてきた。何人か出入りする気配があって、しばらくすると「ごゆっくりどうぞ」という声を最後に静まりかえる。襖《ふすま》が開いて士貴さんが顔を出す。

「準備ができたよ、おいで」

背中を支えて起こされて、お姫様みたいに手を引かれながら座布団に座る。

「わぁ、すごい！」

黒い座卓の上には一人用の鍋や刺身の盛り合わせ、揚げたての天ぷらや小鉢料理など、地元の食材を使用した会席料理が所狭しと並んでいた。

士貴さんが卓上コンロに火をつけてくれる。本当に至れり尽くせりだ。

「私、こういうのに憧れていたんです！」

何かあったら面倒だからという義母の方針で、遠足や修学旅行はすべて欠席だった。当然こんな形で食事をしたのもはじめてだ。

「こんなに小さなコンロがあるんですね。一人用の鍋って面白い！　こっちのお刺身は伊《い》勢《せ》海《え》老《び》ですか？」

さっきまで寝込んでいたのも忘れてはしゃいでしまう。気づくと士貴さんがこちらを見ながらニコニコしていた。

「……あっ、ごめんなさい。食事中に騒ぎすぎですね」

幼稚な自分が恥ずかしい。慌てて座布団の上で姿勢を正すと、彼が緩んだ表情のまま首を振る。

「いや、千代が可愛くはしゃぐ姿を堪能しているから、そのまま続けて」

——続けて……って！

「そっ、そんなの無理です！　もうっ、子供っぽいとか思ってるんでしょう！」

「たしかに子供みたいに可愛らしいリアクションではあるが、ちゃんと大人の女性で俺の奥さんだと思っているよ」

そんなことを言われたら、どう答えればいいのかわからなくなる。言葉を失いモジモジしていると、士貴さんが箸を手に持ち破顔する。

「さあ、いただこう。食べきれなければ残せばいい。俺がぜんぶもらうから」

「そんな、士貴さんに食べ残しを渡すなんて真似《まね》はできないですよ。ちゃんと食べきってみせます！」

「いや、くれぐれも無理をしないでほしい。俺は……千代の食べ残しであれば、大丈夫だから」

——もっ、もうっ！　もうっ！

新婚旅行のムードに乗せられているのだろうか。士貴さんが異様に甘くて困ってしまう。

今までだって優しくはあったけれど、こんなドラマみたいなセリフを吐く人ではなかったはずだ。

けれどそんなことを言ったらこの甘い雰囲気が終わってしまいそうな気がしたので、私は黙ってハチミツみたいな時間を堪能させてもらうことにした。

士貴さんの読みどおり私はすぐに満腹になってしまい、半分ほど食べたところで箸が止まってしまう。中途半端に残った料理を目の前にして途方に暮れる。

「その天ぷら、もらってもいいかな」

絶妙なタイミングで士貴さんが声をかけてきた。

「あっ、はい、どうぞ」

箸でふきのとうの天ぷらを挟み、抹茶塩にチョンとつけてから士貴さんのほうへと差し出す。

「はい、あ〜ん」

「えっ！」

彼が天ぷらと私の顔を交互に見て戸惑っている。その様子を見たことで、ようやく私は気がついた。

――あっ、間違えた！

慌てて箸を引っ込める。

海宝の家にいたときは、千寿さんがたまにこうして私に好物のイチゴやケーキを食べさせてくれていた。

『千代も俺に食べさせてよ、あ～ん』

そう言って口を開く千寿さんの口にフォークで食べ物を運び、食べさせっこするのに慣れていて。だからいつもの癖《くせ》で同じことを士貴さんにもやってしまったのだ。

「ごめんなさい！　あの、今、お皿に……っ」

「あ～ん」

——えっ！

目の前で士貴さんが大きく口を開けた。

「あのっ、えっ⁉」

驚いて固まっていると、士貴さんが気まずそうに口を閉じる。

「ごめん、調子に乗りすぎたかな」

「そんなことないです！」

まさかこういうことに乗ってくれるタイプだとは思わなくてびっくりしただけだ。むしろやらせてほしいくらいで。

「じつを言うと、私、恋人とのこういうシチュエーションに憧れてたんです。士貴さんさえよければ、是非『あ～ん』させてください」

彼は「ふはっ」と笑うと、「わかりました。それでは奥さん、『あ～ん』をよろしくお願いします」と言って再び口を開けてくれた。

「そっ、それではどうぞ、召しあがれ。あ〜ん」

改めてやるのは照れ臭い。ドキドキしながら天ぷらを士貴さんの口へと運ぶ。

彼の白い歯が一口嚙むと、サクッと軽い音がした。その瞬間、箸を持つ手が感動で震えた。

ふきのとうが半分消えて、天ぷらに歯形がついている。残りの半分に食らいついてから、彼が「うん、美味しい」と微笑んだ。

そのすべてがスローモーションのようにゆっくり見えて、一瞬一瞬の動きが目に焼きついて。

――まるで夢を見ているみたい。

胸の奥がじんわりと温かくなる。

「その吸い物も、俺がもらっていい？」

「あっ、これはもう、口をつけてしまったので……」

「構わない」

戸惑っているあいだに彼がこちらに手を伸ばし、私の目の前のお椀を奪っていく。

――士貴さんが私の飲み残しを口にしている！

彼がお椀の蓋を戻し、残りの料理も次々と平らげていく。箸を綺麗に揃えて箸置きに置くと、両手を合わせて「ごちそうさまでした」と告げた。とても美しい所作だ。

——ああ、彼はしあわせになるべき人だ。

改めてそう思う。

私の夫になった人は、文句のつけようがないほどの聖人だ。同情婚のはずなのに、こんなに大事にしてくれている。

私は座布団から下りると畳に両手をついて頭を下げた。

「士貴さん、私をお嫁にもらってくれて、どうもありがとうございました」

私は八つも歳下で世間知らずなうえに、婚外子で持病のある女だ。今日みたいに迷惑をかけてしまうと思うが、あなたの妻として頑張らせてほしい……そう早口で言い切った。

「千代……」

彼は座卓をまわり込んで隣に座り、私の顔を上げさせる。

「君一人で頑張る必要はない。俺たちは、二人揃って夫婦なんだから」

「士貴さん……」

「結婚してくれてありがとう。俺もいい夫になれるよう頑張るよ」

たくましい腕で抱き寄せられる。彼の胸に顔を埋めながら、愛する人の妻になれた喜びを噛み締めた。

——恩返しをしよう。

慈愛に満ちたこの人に、私のすべてを捧げよう。

私が持っているものは、あまりにも少なく貧相だ。それでも彼に与えられるものはあると思うから……。

「士貴さん、好き」

見上げた途端、激しいキスが降ってきた。絡めた舌が熱くなり、甘い吐息を鼻から洩らす。心地よさに恍惚としたところで彼の顔が離れていった。

「今日は疲れただろう、もう休んだほうがいい。食器を下げてもらうよ」

「……はい」

少しガッカリしつつも彼に従いベッドに入る。やはり疲労が溜まっていたのだろうか。緊張で眠れないかと思っていたのに、私は横になってすぐ熟睡してしまったらしい。

結局その晩は何もせず、目が覚めたのは朝日がすっかり昇りきってからだった。


「――このあたりのお店は何時からですか？」

朝食を終えてから、部屋まで片付けに来た仲居さんに士貴さんがたずねた。

昨日の到着後は旅館に荷物を預けて近くの蕎麦《そば》屋でランチをとっただけだったため、今日は観光名所をいくつかまわるつもりでいる。まずは近所を散策しつつ、私の体調がよければほかにも足を延ばそうと、朝食をとりながら二人で話し合っていた。

「早いお店なら朝八時に開いてますけど、大抵は九時か十時ですね」

仲居さんは、近所で有名な手作り豆腐の店や雑貨屋の情報を慣れた口調で教えてくれる。

「ですが、箱根と言えば大涌谷《おおわくだに》ですよ。名物の『黒たまご』は、一個食べれば七年寿命が延びると言われているんです」

ほかにも国登録記念物の公園や、園内にあるハンドクラフトの店をオススメして退室して行った。

「『黒たまご』ですって。私、温泉たまごは食べたことがないです」

「ああ、七年寿命が延びると言っていたな」

二人でスマホの画面を覗き込み、大脇谷を検索する。

「いや、駄目だ」

士貴さんが低い声音で告げた。

「大脇谷は火山ガスがかなり強いらしい。二酸化硫黄や塩化水素は肺や心臓への負担が大きいんだ」

このガスを多く吸えば、健康な人でさえ体調を崩す危険がある。心臓の悪い私は避《さ》けたほうがいいだろう……と言われ、ワクワクしていた気持ちが一瞬で萎《しぼ》む。

「そうですか……」

――士貴さんだけなら行けたのに。

『黒たまご』がどうこうよりも、自分のせいで士貴さんが観光名所に行けなくなることが悲しい。

「よかったら士貴さんだけでも……」

「馬鹿なことを言うな！　君と一緒じゃなければ新婚旅行の意味がない」

「けれど……」

しょぼんとした私に、彼は「ほかにいくらでも観光名所はあるんだ。夫婦でのんびり楽しもう」と微笑んでくれる。

相談した結果、近所の店を少しまわってから国登録記念物の公園に行ってみることにした。

人気の豆腐店で成型前の手作り豆腐を堪能し、雑貨屋で和柄のタオルハンカチとお弁当巾着《きんちゃく》を購入する。

ちゃんと料理を作れるようになって、いつか士貴さんにお弁当を作ってあげられたらいいな……と思う。

それから車でドライブして公園へと向かった。

『箱根強羅《ごうら》公園』は日本最古のフランス式成型庭園だ。周囲には雄大な山々。目の前にはツツジやシャクナゲといった季節の花が咲き乱れている。

上りの傾斜があるため奥まで行くのは諦めて、中央にある巨大な噴水池まで行くことにした。

自然に囲まれた舗道を恋人繋ぎで歩いていると、自分が健康な人間になれたような気がしてくる。疲れないと言えば嘘になるが、士貴さんが申し訳ないほどマメに休憩を取ってくれたので、多少息が弾《はず》むものの胸が苦しくなることはなかった。

最後に仲居さんオススメのハンドクラフトのお店に寄ることにした。

正門からほど近いクラフトハウスでは、吹きガラスや陶芸、ドライフラワーや切子細工《きりこざいく》など、七種類の工芸体験から自由に選んで楽しむことができる。

私としては吹きガラスに興味があったのだが、肺活量が必要なため士貴さんに却下されてしまった。それではと選んだのは切子体験。様々な色形のグラスから好きなものを選び、自分が下書きしたデザインに沿って加工機でカットを入れていく。

「せっかくだから、お互いのを作ろうか」

「ええっ！」

これは絶対に差がついてしまう。士貴さんは手先が器用だから、切子細工だって上手くこなしてしまうに違いない。

「私が作るのは、絶対に下手くそですよ？」

「それもまた味があっていいさ」

私が手にしていたピンクのグラスを士貴さんがヒョイと取り上げる。私は抵抗を諦めて、く仕上がった。

士貴さんのブルーのグラスを手に持った。

自分のもの以上に緊張したが、プロのスタッフに指導を受けながら、どうにかそれらし

約一時間ほどの作業で完成したのは、桜の花びら模様を配したお揃いの切子グラス。私が作ったほうだけ模様が不揃いだけど、想像していたよりは悪くない。

士貴さんがブルーで私がピンク。マンションの食器棚に仲良く並ぶ姿を想像したら、思わず顔がニヤけてしまう。隣の士貴さんと目が合った。彼の口元もなんだか緩んでいたので、同じように思っていてくれたらいいなと思った。


旅館に戻ったのは午後三時頃。部屋に入るやいなや、士貴さんに「ベッドで横になって」と急《せ》き立てられる。

——まさか、帰って早々にエッチな行為を⁉

という私の予想は大はずれで、心電計とパルスオキシメーターを装着されて、最後に聴診器で胸の音を確認されただけだった。

「夕食の時間まで横になっているといい。俺は向こうで学会用の資料作りをしているから、何かあれば呼ぶんだよ」

一人寝は寂しいような気がしたが、学会の準備と言われれば邪魔するわけにいかない。

帰国直後から私のことでバタバタしていたのだ。きっと本来やるべき仕事が溜まっているのだろう。

それに私自身も正直言うと身体がだるい。昨日から少々はしゃぎすぎてしまったようだ。はじめての旅行は楽しいけれど、慣れない行為の連続は、やはり肉体への負担が大きいらしい。

――ここで呼吸困難でも起こしたら、せっかくの新婚旅行が台無しだものね。

今は士貴さんの言葉に甘え、浴衣に着替えて休ませてもらうことにした。

次に声をかけられたときには午後七時になっていて、士貴さんは浴衣姿になっている。

昨日と同様、すでに座卓の上には食事の準備が整えられていた。

見ると私のぶんだけ料理の量が全体的に少なくなっている。

「ああ、昨日無理して食べていたようだから、今日は減らすようお願いしておいたんだ。足りなければ俺のと交換すればいい」

「いえ、ありがたいです。残してしまうのはもったいないし」

まったくどこまで気配りの人なんだろう。ありがたすぎて拝みたくなる。

「こんなによくしてもらって、どうお返しすればいいのかわからないです」

申し訳なさに目を伏せる。

「だったら、また『あ～ん』をしてくれないだろうか」

「えっ？」

何かの聞き間違いかと目を見張ると、士貴さんが「いや、無理なら別にいいんだ」と目を泳がせた。

――聞き間違いじゃなかった！

「またアレをしてもいいんですか？」

「それじゃあ、やってくれるのか？」

士貴さんがパァッと表情を明るくする。

「嬉しいよ！　デザートのイチゴだけでいいんだ。ありがとう！」

想像以上の喜びようだ。輝く笑顔が少年のようで、いつもは大人な士貴さんが急に身近に感じられた。

「……っと、はしゃぎすぎて恥ずかしいな」

「いえ、親近感が湧いちゃいました」

お互いにニマニマしながら食事を始め、デザートのイチゴを食べさせ合う。味も雰囲気も甘酸っぱい。

部屋に来た仲居さんが、完食された食器を片付けながら、私に微笑みかける。

「デザートのイチゴはいかがでしたか？」

「はい、とても美味しかったです」

——まさか食べさせっこしたのを気づかれてる⁉

この人はエスパーなのかとドギマギしていたら、「奥様の好物だとリクエストをいただきましたので、地元神奈川《かながわ》県産のものをご用意させていただきました」と言われて驚いた。

「えっ、リクエスト？」

勢いよく彼を振り返ると、士貴さんはイタズラを見つかった少年みたいに首をすくめている。

「君がイチゴが好きだと聞いていたから……」

「嘘……っ」

一気に涙腺が崩壊した。両手で顔を覆ってしゃくりあげる。

「悪い！　勝手なことをしてしまった」

「違います。感激してるんです」

こんなの感動するに決まっている。ついこの前までは、海宝の家で息を潜《ひそ》めるように生きていたのだ。

士貴さんは私を救い出してくれたばかりか、外で新しい世界を見せてくれた。そのうえ些細な会話を拾い上げ、こうして私を喜ばせてくれて。

「もう、素敵すぎる～。大好きです～」

鼻を啜りながら訴えた。

「本当に仲がおよろしくて。どうぞごゆっくりお過ごしくださいませ」

仲居さんが食器を持って退室していく。

「驚かせて悪かった。まさか速攻でバラされるとは思っていなくて」

「そんなの隠さないでください。お礼をちゃんと言えないじゃないですか」

「そうか……喜んでもらえたならよかった」

「喜びすぎて、化粧が崩れちゃいましたよ」

鏡を見なくたってわかる。きっと目のまわりはパンダみたいに黒くなっているし、ファンデーションも禿《は》げているはずだ。

「大丈夫。千代は化粧があってもなくても崩れても美人だ」

「もっ、もうっ！　またそういうことを言う！」

「化粧なんかなくていい。顔を洗ったら、少しだけ外に出てみないか？」

「外に？」

わけがわからないまま、とりあえず洗面所で顔を洗う。化粧水をつけただけの素顔で部屋に戻ると、士貴さんは浴衣の上に茶羽織《ちゃばおり》を着込んで待っていた。

「春でも夜風は冷えるから」と私の肩にも羽織をかけてくれる。

旅館を出ると、昼間と同じように恋人繋ぎで並んで歩く。もう土産屋が閉まっている時間だというのに、外には思ったよりもたくさんの人が歩いている。

その理由がすぐに判明した。桜のライトアップがされているのだ。

旅館から歩いてすぐの堤防には、ソメイヨシノの大木が百五十本近く、約六百メートルにわたってずらりと並んでいる。旅行の初日にもこのあたりを少しだけ散歩したのだが、昼間の姿とはまた違い、夜の桜は艶《あで》やかで幻想的だ。

「この桜並木のライトアップを千代に見せたかったんだ」

今回の旅館を選ぶ際、このライトアップのイベントが決め手になったのだという。

「昼間の桜は見に行ったことがあると千寿から聞いていたんだ。だから俺は違うことをしたくって」

たしかに去年の仕事帰り、千寿さんが送迎車で六本木《ろっぽんぎ》や目黒《めぐろ》川まで遠回りして、桜の名所を案内してくれたことがあった。

「あれは車の中からだったし、こうして目の前で見るのと全然違いますよ」

「そうか……それと、これを君に」

士貴さんが浴衣の袂《たもと》から長方形のケースを取り出した。彼が開いてみせると中には結婚指輪が二つ並んでいる。

「これは……」

「東京に帰ったら、俺たちの本格的な夫婦生活が始まる。その前にちゃんと渡しておきたかったんだ。桜のように可憐《かれん》で美しい君に、俺の妻になってくれた感謝を込めて」

私の左手の薬指に、プラチナのリングがはめられた。

「俺にもはめてもらえるだろうか」

「……はい」

滲《にじ》む視界で指輪を持つと、彼の薬指にゆっくりとはめた。

「ありがとう。君を一生大切にする」

「私こそ……ありがとうございます」

夫となった人と手を繋いで見上げる夜桜は、私を夢の世界に誘《いざな》ってくれるようだ。

——今の私のしあわせも、束《つか》の間《ま》の灯りに照らされているだけなのかもしれない。

士貴さんという月明かりに導かれ、ひととき違う世界を見せてもらっているだけで。けれどそんな時間はあっという間に終わってしまう。照らす光がなくなれば、あとは萎《しお》れ、潔《いさぎよ》く散っていくだけだ。

——だったらこのしあわせを堪能しよう。

素直に喜び、素直に返す。それが士貴さんの望んでいることでもあるのだから。

「士貴さん、私、士貴さんのお嫁さんになれてよかったです。東京に帰ったら、よろしくお願いします」

「ああ、こちらこそ」

絡んだ指に力が込められて、私もキュッと握り返す。二人の目の前を、ひらひらと桜の花びらが舞い降りていった。

旅館に帰るとすぐに唇が重なった。

夜桜の妖艶《ようえん》さに酔ったのか、お互いとても情熱的だ。寝室の電気をつけたまま、浴衣を乱して抱き合った。あっという間に高められる。

「んっ……あんっ」

彼の指はとても器用に動く。私のナカを自由自在に動きまわり、擦り、かき混ぜ、撫でていく。

指の腹が内壁の天井をゆっくりと滑る。ある一点に到達すると、そこを集中的にトントン……とソフトタッチでノックされた。

――ああっ！

「千代はここが一番感じるんだね」

まるで私の内側を覗かれているようだ。教えたわけでもないのに、彼は敏感な場所を的確に、そしてじっくり攻めてくる。

「そんなの一言も言ってないのに……どうして……っ、わかっちゃうの？」

息も絶え絶えに問いかけると、彼は私の脚のあいだに陣取ったまま目を細めてみせる。

「口で言わなくたって、千代の身体が教えてくれたんだ。ほら、こんなふうに」

同じところを今度は指で押し上げられた。ビリッと強い刺激が走って腰が跳ねる。

「ああっ！　やっ、あーーっ！」

そうだった。今や彼は私以上に私の身体を知り尽くしている。心臓も、恥ずかしいところもぜんぶ……だ。

——こんな私を晒《さら》すのも士貴さんだけ……。

最初は一本しか挿入することができなかった指も、たった二日で二本まですんなり受け入れるようになった。私の身体が彼の指に馴染《なじ》んできているのだ。

——だからきっとその先だって大丈夫なのに……。

蜜口がキュッと締まって収縮を繰り返す。それがおさまるのを確認してから、彼がそっと指を抜いた。ナカにあった温もりが離れていくのが切なくて、私は「あっ」と声を洩らす。

彼が私の浴衣を直そうとする。その手を上から押さえると、私は端正な顔をじっと見上げた。

「士貴さん、私……まだ大丈夫です」

しばし黙って見つめ合い、彼が私の手をとった。手首の動脈に三本の指を当てて脈拍を確認する。

「……不整脈はないようだね。胸の痛みは？」

「ありません」

心臓がドクドクいっているけれど発作ではない。それにたとえ苦しくても言いたくなんかない。

「……舐めるよ。ゆっくりするから苦しかったらすぐに言って」

「はい」

彼が再び私の脚のあいだに移動した。股を大きく開かれて、期待でお腹の奥が疼き出す。

彼の頭がゆっくりと沈んでいく。中心に生温かい舌が這《は》わされると、奥からトロリといやらしい液が溢れてきた。

ジュルッと勢いよく啜られる。蜜口が窄み、私はシーツを摑んで嬌声をあげた。

「あっ、ああっ！　士貴さん、気持ちいい、士貴さん……っ！」

「我慢しないでイけばいい。今度はこっちも快《よ》くしてあげるから」

小さな蕾《つぼみ》にキスされた。彼の唇がフニッと押し付けられると、喜びで全身の細胞が震え出す。

そのままフルフルと揺らされて、先端に熱が集まっていく。

「やっ、ん……っ！」

「大丈夫？　強い？」

「だいじょ……ぶ、これ、好き……っ」

「ふっ……知ってる」

花芯に生温かい息が吹きかかる。今度は表面をピチャピチャと舐められた。鼓膜に響く水音が、羞恥と興奮を同時に高めていく。

「あっ、あんっ！」

ピンクの尖《とが》りが剝《む》き出しにされ、硬く勃ち上がってきた。そこを勢いよく転がされると、私はあまりの悦楽に弓反りになる。

「可愛いね……ココがぷっくり膨れて赤い実みたいだ」

舌のスピードをアップされ、間もなく奥のほうから快感が迫り上がって来た。

「やっ、ああーーっ！」

私は嬌声をあげながら全身をブルッと震わせる。

「……イったね」

二度目の絶頂を見届けてから、彼が素早く身体を起こした。もう一度私の手をとり脈を測る。

「……よかった、大丈夫そうだ」

安心したように呟くと、手早く私の着衣を整えた。

「士貴さん、私は本当に、最後までしたって……」

「駄目だ」

キッパリと拒否されて、全身の熱が冷めていく。彼は私の隣に寝そべると、長い黒髪を優しく撫でてくる。

「千代は無理をしなくたっていいんだ。さあ、目を瞑ってゆっくり休んで」

──違うのに。

無理なんかしていない。私の心も身体も『そうなりたい』と望んでいるのだ。

──むしろ無理をしているのは士貴さんのほうで……。

こうして私に触れるたび、彼が下半身を硬くしているのを知っている。下着越しにもくっきりと膨らみが確認できるほど雄々《おお》しく立派なソレは、彼が男性として私に興奮してくれている何よりの証拠だ。

たとえそこに愛がないとしても……。

「士貴さん、ごめんなさい」

「どうして謝るんだ。俺はこうして千代と一緒にいられるだけでしあわせだよ」

──嘘ばっかり。

けれど私は気づかぬふりで、布団に顔を埋めて目を瞑る。

「士貴さん、ありがとう」

──そして、本当にごめんなさい。

私はあなたの優しさにつけ込んでいる。同情に縋って縛り付けて、あなたの時間を奪っている。

わかっていながら離してあげることができなくて。

——だからせめて……。

一日も早く、この心臓が止まってくれますように。

＊　＊　＊

帰りの車内では途中から熟睡してしまい、目が覚めたときにはマンションの駐車場に着いていた。明かりが煌々《こうこう》とともる地下駐車場を見渡して、すでに夜になっているのだと悟る。

「ごめんなさい、士貴さんだって疲れているのに私だけ寝てしまって」

「いいんだ、車にしようと言ったのは俺なんだし……それに、君の寝顔を見ているのも悪くはなかった」

彼がシートベルトをはずして微笑んだ。

——士貴さんは本当に優しいな。

日本に帰国してすぐに私との結婚、そして新婚旅行。しかも車の長距離運転に学会の準備。疲れていないわけがないのに、彼は不満の一つも口にしない。

二人ぶんのボストンバッグを担《かつ》いで歩き出す彼について、一緒にエレベーターに乗り込んだ。五階の部屋に入ってリビングに荷物を下ろすと、彼が私を振り返る。

「長旅で疲れただろう。俺は自分の部屋で仕事をしているから、君は先にシャワーを浴びて休むといい」

「あの、お茶でも淹れましょうか？」

「いや、必要ない」

目を合わせることもなく、さっさと廊下に出ていった。

——あれっ？

なんだか急にそっけなくなった気がする。

新婚旅行で距離が縮まったような気がしていたけれど、あれは気のせいだったのだろうか。

肌を触れ合わせて、いっぱい話をして。多少は夫婦らしくなれたかも……だなんて。そんなふうに感じていたのは私だけだったのかもしれない。

考えてみたら、私ばかりが一方的に気持ちよくなっていただけだ。彼が密かに不満を積もらせていたとしてもおかしくはない。

——だったらせめて、身体以外でも何かできることを……。

私は二日ぶりの一人のベッドで、じっと天井を見上げていた。

翌日の朝。スマホのアラームで目覚めた私は、なるべく物音を立てないよう気をつけつつ洗顔と化粧を済ませた。パジャマからゆったりとした膝丈のニットワンピースに着替え、忍び足でキッチンへと向かう。もう一度スマホで時間を確認した。

――午前五時半か……。

士貴さんは何時に起きてくるのだろう。日曜日だからゆっくりしていそうな気がするが、とりあえず朝七時に起きると想定して行動を開始する。さすがに一時間半もあれば朝食を作ることができるだろう。

今日私は、生まれてはじめて料理にチャレンジする。身体で彼を満足させられないのなら、せめて料理を頑張りたい。

――胃袋を摑むって言葉があるくらいだし。

どれだけ効果があるかは知らないけれど、これで少しは私を見直してくれればいいのに

……などと考えつつ胸当てエプロンを装着した。

これから作るのはトーストと野菜サラダとハムエッグ。私は手元の料理ノートを開き、『朝食メニュー』のページに目を通す。

これは海宝の家を出るときに、家政婦の村口さんが持たせてくれたものだ。中には包丁

の持ち方から調味料の種類といった料理の基本と共に、いくつかの簡単なレシピが記されている。急だったにも関わらず、彼女が一生懸命書いてくれたのだろう。ありがた過ぎて頭が下がる。

今日のメニューは昨日の夜から決めていた。村口さんが赤字で、『野菜もハムも手でちぎればいいので、これなら包丁を使わなくても大丈夫ですよ！』と書き込んでくれていたからだ。包丁を使うのはちょっと……いや、かなり怖い。

まずは野菜サラダ用にレタスを洗ってちぎる。彩りでプチトマトを添えると書いてあるが、あいにく野菜室に入っていたのは普通のトマト。勇気を出して切ってみることにした。手が震えたがどうにか四つに切ることができた。一切れごとが大きくて不格好だが、丸ごと載せるよりはマシだろう。レタスに添えて完成だ。ラップをかけて冷蔵庫にしまった。

――トーストは士貴さんが起きてからトースターで焼けばいい。問題は……。

私はＩＨコンロにフライパンを置くと、ハムを半分にちぎって底に敷いた。卵を片手に息を整える。カウンターの角でコンッと殻にヒビを入れ、中身をフライパンに落とす。

「あっ！」

いきなり卵がグチャッと潰れた。崩れた黄身が白身と混ざって広がっていく。卵の殻も一緒に入ってしまった。急いで取り除こうとしたら、手首がフライパンのフチに触れてしまう。ジュッと焼けた感覚があった。

「熱っ！　あっ、いけない、卵をもう一個落とさないと」

慌てて二個目にトライする。今度は黄身が崩れなかった。どうにかハムエッグの体裁が整ったことに安堵しつつ、水を少量入れて蓋《ふた》をする。

火傷《やけど》した手首がヒリヒリしてきたので、遅ればせながら水道の水で冷やす。

──目玉焼き、片目だけでも成功してよかった！

そのまま手首を冷やしていたら、焦《こ》げ臭《くさ》い匂いが漂ってきた。

「あっ！」

慌てて蓋を開けた途端、モアッと煙が立ち上がる。明らかに裏が焦げているであろう様子に愕然とする。

そのときLDKのスライドドアが開き、「千代、こっちにいるのか！」と叫《さけ》びながら士貴さんが飛び込んできた。

「大丈夫か！　廊下のほうまで煙が来ていて……」

彼はキッチンを覗いたところで状況を把握したらしい。すぐにコンロをオフにすると、ベランダ側の窓を全開にして空気の入れ替えを開始した。

「ごめんなさい、料理を焦がしてしまって……」

「料理の焦げはどうでもいい。それより君は？　怪我をしていないか？」

「はい、ちょっと火傷しただけなので」

「火傷⁉」

士貴さんが血相を変えた。私の右手が赤くなっているのを見るや、すぐさま水道の蛇口をひねる。手首を摑んで流水にさらす。

「あの、たいしたことはないので大丈夫です」

「大丈夫なものか！　こういうのはあとから痛みが出るんだ！」

温厚な士貴さんに似合わぬ動揺ぶりだ。それからたっぷり十五分ほど、彼に手を持たれたまま流水に打たれていた。

火傷の部分に軟膏を塗ると、保護用パッドを貼って処置を終える。

「君の綺麗な肌に痕《あと》が残らなければいいが……」

彼が救急箱を片付けながら、私の手首を見つめてため息をつく。

けれど私はそれよりも、自分のおかした失敗のほうがショックだった。

火傷の痛みよりも心が痛い。何が『胃袋を摑む』だ。私がしたことは部屋中を焦げ臭くして士貴さんに迷惑をかけただけ。

――もう、最低だ……。

「私、料理もろくにできなくて……本当にごめんなさい」

震える声で謝ると、すかさず士貴さんに抱き締められる。

「ごめん、俺が大声を出したものだから怯《おび》えさせてしまったね」

「そんなことは……」

「君に何かあれば海宝さんや千寿に顔向けができなくなるところだった」

——ああ、やっぱり。

今の呟きが彼の本音だ。私はあくまでも『海宝家からの預かりもの』。彼にとっては庇《ひ》護《ご》の対象で、ただの患者でしかなくて。

思わず背中を震わせた。彼のパジャマの胸元が、じわりと涙で濡れていく。

「……悪かった。どうにも俺は、君のこととなると平常心を保てなくなる。火傷ごときで慌てふためいて、これでは医師失格だな」

「違うんです。士貴さんは何も悪くない」

——あなたはただ優しいだけで……その優しさが、つらいだけ。

私が首を振って否定すると、彼はまるで子供をあやすように、背中をポンポンと優しく叩いてくれる。

「料理ならケータリングでいいんだし、時間があるときは俺が作る。アメリカで一人暮らしをしていたから大抵のものは作れるんだ、何も問題ない」

「でも、それじゃあ私は何をすれば……」

彼の胸から顔を上げると、指先で涙を拭《ぬぐ》われた。

「だったら、今度デートしてくれないか？　それに料理を覚えたいなら、俺と一緒に作ればいい」

「そんなの恩返しにならないです」

「恩返しって……俺と結婚してもらえただけで十分なのに」

優しい彼は、柔らかく微笑んでみせる。

「でも、そうだな。君からキスをしてくれると嬉しいんだが」

「そんなの……私へのご褒美《ほうび》じゃないですか」

士貴さんの肩に両手を置いて、つま先立ちでキスをする。軽く唇を触れさせて、踵《かかと》をゆっくりと床に戻した。

直後に強く腰を抱き寄せられる。

「あっ！」

上から口づけが降ってきた。あっという間に深くなり、舌と唾液を絡め合う。

彼の腕に力がこもり、背中をキッチンカウンターに押し付けられた。彼の唇が首筋をなぞって下りていく。チューッと高い音がして、鎖骨のあたりにキスマークがつけられた。

彼の所有物の証だ。嬉しくて全身がゾクゾクした。

「千代、触れてもいい？」

甘ったるく囁かれ、私は期待を込めてうなずいた。

彼の手がニットワンピースの裾を捲り上げる。ショーツの中に入り込み、繁みの奥の割れ目に触れた。中指がヌルヌルと滑る。すでに濡れていたソコが淫靡《いんび》な水音を立てた。

「ん……っ、あっ」

「千代のここがクチュクチュ鳴ってるね。もう気持ちよくなってるの？」

「気持ちい……士貴さんの指、好き……っ」

「それじゃあ指でイク？」

　彼の吐息とバリトンボイスが鼓膜を揺らす。それだけでお腹の奥が熱くなる。早くこの熱をどうにかしてほしくて、私は必死でうなずいた。

「片脚を上げて、俺の身体に絡めて」

　言われるままに片脚を上げると股が大きく開かれる。そこを二本指が勢いよく往復すると、蕾も擦れてクニクニ動く。いきなりの強い刺激に頭が沸騰しそうだ。

「あっ、イイっ、擦れるっ、擦れちゃうっ！」

「ナカも擦るよ。いつでもイっていいからね」

　そのままナカに挿入《はい》った指が抽送を開始した。浅いところを撫でられて、私の腰がビクンと跳ねる。

「ああっ！」

　ソコをグイと押し上げながら、同時に親指で外の蕾を捏ねられた。

「士貴さん、士貴さんも一緒に……」

「いや、駄目だ」

彼は親指をクルクルと動かして、剝き出しの蕾をいじめ続ける。

「やっ……イクっ！」

熱くてつらくて気持ちいい。私は夢中で彼にしがみつき、嬌声をあげながら絶頂を迎えた。

「……ありがとう。触ったら満足したよ。俺は顔を洗ってくるから、先に食べ始めていて」

爽《さわ》やかな笑顔で士貴さんが洗面所に向かう。

彼に触れられた下半身が疼き、蜜口がヒクヒクしている。これでは達して満足するどころか、お腹の奥に熱が溜まっていくばかりだ。

——私でもこんななのに、士貴さんは本当に触るだけで満足なのかな。

大人だから性欲をコントロールできるのか、私がただいやらしいだけなのか。

「……って、のんびりしていないで朝ごはんの支度をしないと」

彼にはああ言われたものの、やはり先に食べるのは気が引ける。トーストを焼いて待っていようと考えた。

——これなら失敗はしないだろうし。

袋から六枚切りの食パンを取り出そうとしたところで手を止める。

「そうだ、トーストを何枚食べるか聞いておかなくちゃ」

私は食パンの袋をキッチンカウンターに置いて廊下に出た。洗面所の前まで来たところで、そこに彼の姿がないのに気づく。

――あれっ、トイレかな？

だったら話しかけないほうがいいだろう。キッチンに戻りかけたとき、トイレの中から呻《うめ》きのようなものが聞こえて足を止めた。

――えっ？

「はっ、はっ……あ……っ、うっ」

この声色には聞き覚えがある。彼が露天風呂で達するときに洩らしていたものと同じだ。

――それじゃあ、これは……。

一瞬で頭が真っ白になった。慌てて踵《きびす》を返すとキッチンに戻る。カウンターに手をついて深呼吸した。

「自分で……処理していた」

きっとそうに違いない。彼は興奮したものを自分で慰《なぐさ》めているのだ。

――私で満足できなかったから……。

心臓が早鐘を打つ。ショックと申し訳なさが一気に襲いかかってきた。

「ごめんなさい……」

我慢をさせて、ごめんなさい。そんなことをさせて、ごめんなさい。

——こんな身体のくせに、あなたと結婚して、本当に本当にごめんなさい。


「——あっ、待っててくれたのか、ありがとう」

キッチンで茫然としていたら、士貴さんが何事もなかったように戻ってきた。

「千代はトーストは何枚？　焼き加減の好みも覚えておきたいな」

「いえ、私が……」

結局一緒にトースターをセットして、テーブルに料理を運んだ。

焦げた目玉焼きに文句一つ言わず、「うん、はじめてにしては上出来だ」と完食してくれる優しさが余計に辛《つら》い。

「あっ、コーヒーは上手に淹れられてるじゃないか。うん、美味しい」

「それは千寿さんに教えてもらったんです。彼は仕事を始める前に、新聞を読みながら一杯飲むので」

コーヒーだけなら自信がある。千寿さんが持たせてくれたエスプレッソマシンが、会社で使っているものと同じ型だったから。

気が利く兄に感謝しつつ、自分はオレンジジュースが入ったグラスに口をつける。味も何もわかったもんじゃない。泥水を飲んでいるような気分だ。

「千代、食後の薬は？」

「あっ、部屋の袋に」

「毎食後の内服を忘れるといけない。袋ごとこっちに持ってきておいたほうがいいんじゃないか？」

そこまで会話したところで私にある考えが浮かんだ。

「あの……少し疲れたみたいなので、部屋で休んでもいいですか？　薬も向こうで飲みますから」

「旅行で疲れているというのに、昨日の今日で負担をかけすぎたな。悪かった」

「士貴さんのせいじゃありません。私が朝から勝手にバタバタしたものだから」

「千代は頭がいいから、料理もすぐに覚えられるよ」

ふわりと柔らかく微笑まれ、私も笑顔を返す。ちゃんと笑えているのか自信がないけれど。

廊下に出て、自分の部屋へと入る。ドアを閉めた途端に全身の力が抜けた。ずるりと座り込んで考える。

「士貴さんは、旅行中も隠れて自分で処理していたのかな」

――そしてこれからも、ずっとそうして？

三十一歳の成人男性が、セックスも子供も諦めた日々をじっと耐えていくつもりなのだろうか。

彼は本当に優しすぎる。だからこんな女を押し付けられてしまうのだ。

「う……っ、最低……っ」

喉の奥から嗚咽《おえつ》が洩れる。けれど私が泣くのは違うと思う。だって本当に泣きたいのは彼のほうなのだから。

すべては私のせいだ。無知で未熟で不完全で。迷惑をかけると知りながら、結婚を決めた私が悪い。

四つ這いでどうにかベッドまで辿《たど》り着く。ベッドサイドにある白いテーブルの引き出しを開けると、薬局の名前が書かれた紙袋を取り出した。ここに入っているのは心臓の薬だ。結婚前日にもらってきたばかりだから、まだ半分以上残っている。

「薬を何日飲まなければ心臓が止まるんだろう」

できるだけ早く、あっさり死ねたらいいなと思う。

「少しでも綺麗な顔で逝《い》けたらいいけれど……」

——そして叶うなら、心臓が止まるその瞬間には、士貴さんの顔を見られたらいい。

そんなことを考えつつ、私は薬袋をそっと引き出しに戻した。

その日の午前中、私はほとんどの時間を自室のベッドで過ごし、士貴さんも学会の準備があると言って自分の部屋に篭《こ》もっていた。

　昼頃になると、食欲がないという私のために士貴さんがお粥を作って部屋まで持ってきてくれる。

「具合はどうだ？　不整脈はなさそうだが、念のため酸素吸入をしておこうか」

　機械で血中酸素濃度を測り、聴診器で心臓と肺の音を確認してからそう告げた。経鼻カニューラを私の顔に装着し、肩まで布団をかけてくれる。

　彼はその後も立ち去ろうとせず、椅子に座ってその場にとどまっていた。

「士貴さん、私は大丈夫なので仕事に戻ってください。ちょっと疲れが出ただけですから」

「そうか、わかった。俺は自分の部屋にいるから、何かあったらチャイムで呼んでくれ」

　彼はドアノブに手をかけたところで立ち止まり、「ああそうだ」と振り向く。

「俺はしばらく学会の準備で忙しい。夜は一人で先に寝ていてほしい。それと……無理をさせて悪かった。明日からの仕事をどうするかは、様子を見て考えよう。会社を休むようなら、俺から千寿に連絡を入れる」

　彼が出ていきドアが閉まる。遠ざかる足音を聞きながら、私は今夜の覚悟を決めていた。

　その夜、私はシャワーを浴びてから、一番お気に入りの下着とネグリジェを身に纏った。

士貴さんはまだ部屋にいるらしい。ドアの隙間から明かりが洩れている。

心臓に手を当てて呼吸を整えると、勇気を出してドアを叩く。コン、コンッ。二回ノックしてすぐに「はい」と返事があった。内側からドアが開く。スウェット姿の士貴さんが、驚いた表情で私を見下ろしてくる。

「どうした？　わざわざ来なくても、チャイムを鳴らしてくれれば……」

「士貴さん、抱いてくれませんか？」

彼がビクンと肩を跳ねさせる。

「いや、それは……」

「大丈夫です。一日休んで落ち着いているし、それに、今朝は私に恩返しさせてくれるって言ったじゃないですか！」

声が徐々に大きくなるのを見て、士貴さんが私の手首を摑む。

「興奮しちゃ駄目だ。とにかくベッドに行こう」

手を引かれたまま廊下を歩く。リビング奥にあるクリーム色のスライドドアを開けると、すぐそこが夫婦用のメインベッドルームだ。向かって左にウォークインクローゼットがあり、部屋の真ん中にはキングサイズのベッドが鎮座している。

この部屋に足を踏み入れるのははじめてだ。初日に案内されたときはチラリと見ただけで気づかなかったが、なんとこちらにも酸素濃縮器に経鼻カニューラと酸素マスク、そして呼び出し用のワイヤレスチャイムが設置されていた。

　帰国したばかりの士貴さんがここまで一人で準備できたとは考えにくい。きっと天方先生にも協力を仰いだのだろう。

　これでハッキリした。やはり皆で話し合いが済んでいたのだ。

　──私に『人並みのしあわせ』を与えるために、ここまで舞台を整えて……。

　だったら私はその茶番に乗るまでだ。最期に『しあわせでした』と呟けば、それで皆が満足するのだろう。

　──そして一日も早くそれを終わらせて、士貴さんを自由にしてあげなくては。

「君が寝るまで添い寝をしよう。俺はすぐ隣のリビングで仕事をするから、起きたときに不安だったら声をかけてくれれば……」

「必要ないです」

　私は士貴さんの手を振りほどき、みずからネグリジェのボタンをはずす。ベッドに上がると正座して、下着姿で彼を待った。

「今日は最後までしてください」

　彼がベッドサイドに立ったまま私を見下ろす。

「……駄目だ。これ以上身体の負担になることをしたくない」

　──そんな……。

そして彼は、あとからこっそり自分で処理をするというのだろうか。夫にそんなことをさせて平気でいられるわけがない。

「先生からは激しい運動をしなければ日常生活に支障はないと聞いています」

「君は本当のセックスをわかっていない。あんなの心臓の負担になるに決まっている」

「士貴さんは……セックスのことをよくわかっているんですね」

「いや、そういうわけでは……」

——そりゃあ彼は経験豊富だろうし、私が過去に嫉妬する資格もないけれど……。

「私の貧相な身体じゃそういう気になれませんか？　でも、男性は性欲を発散させるだけなら愛がなくても大丈夫だって……」

「愛がないなんて言わないでくれ！」

士貴さんが素早くベッドに上がってくると、私をキツく抱き寄せた。

「これ以上煽《あお》るんじゃない！　そんなの、触れたいに決まっている！」

口づけながら、ベッドにゆっくり倒された。ネグリジェの上から胸をやわやわと揉み上げられて、「んっ」と鼻にかかった声が出る。首筋を舌が這い、彼の手が身体のラインを辿っていく。太ももを撫でたところで彼の動きがピタリと止まる。

士貴さんが身体を起こし、私の頭をポンポンと撫でた。

——えっ？

「さあ、明日に備えて休むんだ。俺は隣の部屋にいるからね、おやすみ」

彼がベッドルームを出ると、スライドドアが閉められた。廊下とリビングを往復する足音がして、しばらくすると静かになる。

ドアの隙間から洩れる明かりと微《かす》かに漂うコーヒーの香り。彼は私に言ったとおり、わざわざリビングに来て作業をしているのだ。

——本当に優しすぎる……。

私は枕を濡らしながら、白いベッドサイドテーブルの引き出しを思い浮かべる。

そこに薬が貯まるほど、士貴さんの自由が近づいていく。そう考えると、なんだか『その日』が楽しみに思えてくるのだった。

2、仮初めの夫婦生活

西新宿《にししんじゅく》の『貴島《きしま》ビル』前で車を降りると、私は助手席の窓から覗《のぞ》き込み、運転席の夫に声をかけた。

「どうもありがとうございました」

「仕事、頑張って。くれぐれも無理しないようにね」

「はい、士貴《しき》さんも気をつけて」

彼は柔和な笑みを浮かべて片手を上げると、ハンドルを握り直して車を発進させる。

黒い高級セダンが角を曲がりきるまで見送ってから、私は目の前の高層ビルに足を踏み入れた。

三十階の専務室に入ってすぐに、朝のルーティンワークを開始する。

拭き掃除をしながら窓の外を見ると、遠くの街路樹は、すでにピンクの花びらが散り始めている。

「なんだか不思議な感じ」

先週の今頃は、私はまだ独身の『海宝千代《かいほうちよ》』だったのだ。それが士貴さんに再会して、その二日後には『天方千代《あまかた》』になり、今日が結婚後初出勤で。

「すべてが本当にあっという間で……」

入籍してから今日までの六日間があまりにも目まぐるしくて、まるでジェットコースターみたいだ。

士貴さんは相変わらず優しくて、これからは都合がつく限り私の送迎をすると言ってくれている。実際今朝は私を会社まで送ってくれた。

──こんな面倒な女を引き受けて、まったく親切にもほどがある。

「……って、うじうじしているばかりじゃなくて、やれることをしなきゃ」

私は雑巾《ぞうきん》を手に、デスクまわりの拭《ふ》き掃除を始めた。

ひととおりの作業を終えて時計を見上げると、まだ始業時間まで三十分ある。いつものようにメールチェックをしようとデスクに向かった。メールを開いたところでドアからカチャッと解錠の音がする。

「えっ？」

椅子《いす》ごと振り返るとドアが開き、スーツ姿の千寿《せんじゅ》さんが入ってきた。

──あれっ、今日はいつもより早い。

そう思いつつも立ち上がり、上司に向かってお辞儀をする。

「専務、おはようございます」

「おはよう千代。体調はどうだ？　気分は悪くないか？」

「大丈夫です」

――早速心配してる。

「すぐにコーヒーを淹れますね」

私が給湯スペースに向かうと、千寿さんは「俺が勝手に早く来たんだから、急がなくていいぞ」と言ってソファーで新聞をひらく。

「新婚旅行はどうだった？　箱根《はこね》ではゆっくり過ごせたか？」

パーティションの向こう側から問いかけられる。

「はい、楽しかったです。お休みをいただきありがとうございました」

エスプレッソマシンにカプセルをセットしながら大きな声で返事をする。

「お土産のお饅頭《まんじゅう》がありますよ。今食べますか？」

「ああ、千代も一緒に食べよう」

千寿さんにはコーヒー入りのマグカップ、自分用に水の入ったグラス、そしてお菓子用の銘々皿《めいめいざら》二枚をトレイに載せて、センターテーブルに運んで行く。自分のデスクからお土産の菓子箱を取って来ると、千寿さんの隣に座って差し出した。

「はい、どうぞ。残ったぶんは家に持って帰って皆さんで……」

そこまで言って、私は言葉を詰まらせた。海宝家の皆は私が買ってきたものなど食べたくはないだろう。一言余計だったと反省する。

「ありがとう。石田《いしだ》さんにあげたら喜ぶよ」

「あっ、石田さんと村口《むらぐち》さんには別で買ってあるんです」

あの二人には海宝の家でお世話になった。石田さんには今後も送迎でお世話になるが、村口さんにはなかなか会えなくなるだろう。

「千寿さんからお土産を渡してもらえますか？　村口さんにはお手紙も書いたんです」

「いや、村口さんはもういない」

「えっ？」

聞けば彼女は家政婦紹介所を通じて次の勤務先に行ってしまったのだという。

「このまま残ってくれればいいと言ったんだが……千代がいなくなった海宝家にはいたくなかったんだろう」

「……そうですか」

あの家に引き取られてから十六年間、村口さんは私にとって第二の母親みたいなものだった。

「私が生きているうちに会ってお礼を言えたらいいんだけど……」

「馬鹿《ばか》か、会えるに決まってるじゃないか。縁起でもないことを言うんじゃないぞ。ほら、美味い饅頭を食べろ」

「ふふっ、私が買ってきたんですけど」

「俺がもらったんだから俺のものなんだよ」

――千寿さんが空気を変えてくれてよかった。

今の私はいっぱいいっぱいで、些細《ささい》なことでも泣き出してしまいそうになる。

「箱根の工房体験で、お揃《そろ》いのグラスに切子《きりこ》細工《ざいく》をしたんですよ。それから、桜のライトアップがとても綺麗《きれい》で感動しました」

気持ちを切り替えるように早口で語ってみせると、千寿さんが私の頭にポンッと優しく手を乗せた。

「それはよかった。今朝は士貴が送ってくれたのか？」

「はい、彼はそのまま病院に出勤して行きました」

「……俺の前では敬語はいらないって言ってるのに」

「だから会社では上司と部下だって言ってるじゃないですか」

途端に千寿さんが眉尻を下げて、切なげな顔になる。

「もう会社ぐらいでしか、ゆっくり話もできないんだ。あと十五分だけ、兄妹として会話をしてくれてもいいだろう？」

――ああ、そうか……。

今日に限って早めに出社して来たのは、こうして私の様子を聞くためだったのだ。

きっと、長旅で体調を崩していないか、夫婦生活は上手くいっているのかと心配してくれたのだろう。

私にはとことん過保護で心配性で。そんな彼の優しさに、またしても涙腺が緩んでくる。

千寿さんが私の顔を覗き込む。

「千代、しあわせか？　士貴はおまえを大事にしてくれているか？」

「……うん、しあわせだよ」

「そうか、よかった」

彼は安心したように目を細め、「本当によかった」と繰り返す。

「だが、士貴と夫婦喧嘩《げんか》をしたら我慢せず帰って来ればいいからな。俺は何があっても千代の味方だ」

「ふふっ、大丈夫」

「そうか……そうだな。士貴になら安心しておまえを任せられる」

――ありがとう、千寿さん。いつも本当に優しいね。けれど知ってるでしょう？　私はもう、あの家には帰らないよ。ううん、帰れない。

こんな会話を交わしながらもお互いわかっているのだ。あの家にはもう、私の居場所などないということを。

「さぁ、そろそろ兄妹タイムを終えて仕事をしなきゃ」

いつまでも感傷に浸っているわけにはいかない。私が立って片付けを始めると、「いや、俺がやる」と千寿さんにマグカップを奪われた。

「ちょっ、専務！」

彼は食器を載せたトレイを持って、スタスタとパーティションの向こうに消えていく。

慌てて追いかけた私に手のひらを向けてストップをかける。

「自覚症状がなくたって、長旅の疲れが心臓の負担になっているはずだ。今日は無理をせずにソファーで休んでいろ」

「そんな、そういうわけには！」

「上司としての命令だ。おまえは自分のぶんのホットミルクでも作って飲んでいろ。あと、俺は今夜、会食がある。千代だけ先に車で送らせるからな。石田さんへのお土産は自分で渡せ」

それでは出勤してきた意味がない。それに、これから体調が悪くなれば、働くことも難しくなるだろう。

——動けるうちに、できることをしておきたい。

「……会食には参加できなくても、せめて定時まではちゃんと仕事をさせてください。そうでないと、私がここにいる意味がなくなってしまう」

「千代……」

千寿さんは困ったように眉を寄せて私を見つめる。一つため息をついてから、「わかったよ」とうなずいた。

「けれど無理はするな。少しでも体調がおかしいと思ったら、すぐに言うんだぞ。いいな？」

「ありがとう、千寿さ……専務」

「違うだろう？　あと五分だけはお兄ちゃんだ」

優しい言葉に瞳を潤《うる》ませつつ、どうにかその日の作業をこなした。終業後すぐに、石田さんの運転で新宿のマンションに送られる。

マンション前で車を降りて、カードキーを使ってエントランスに入る。そういえば、このマンションに正面玄関から入るのははじめてのことだ。

――それだけ私が自分の足で歩いていないっていうことだよね。

五階の部屋に入り、洗面台で手を洗う。鏡に映る顔は目だけがギョロリと大きくて、顎が尖《とが》っている。化粧をしていても不健康さは誤魔化《ごまか》せていない。

――いつもまわりに気を遣わせてばかり。

それでもこうしておめおめと生き続けているのは、私が変な死に方をすれば皆の後味が悪いだろうと思うからだ。

自殺なんて噂話《うわさ》の格好のネタだし、士貴さんのみならず、天方家や海宝家、そして会社の評判を落としてしまうことにもなりかねない。そんなのは本意ではないし、死んでまで迷惑をかけたくない。

それに下手をすれば、士貴さんが父から受けられるはずの援助もなくなってしまうかもしれないのだ。

——だって彼は、それを条件に私と結婚してくれたんだし……。

仕事から帰る車内で、今後の身の振り方について考えてみた。

このまま服薬拒否を続ければ、私の寿命は確実に縮むだろう。けれど『最期』がいつ訪れるかはわからない。だったらその日まで、少しでも士貴さんのために妻らしいことをしておきたい。

——昨日はハムエッグを焦《こ》がしちゃったし。

抱けないうえに家のことさえちゃんとできないなんて、彼にとっては貧乏くじを引かされたようなものだ。せめて最低限の家事くらいはできるようになりたいと思う。

私は自分の部屋に入ると、デスクの引き出しから料理ノートを取り出した。ペラペラとめくって真ん中あたりのページで手を止める。

「えっと、『トロトロの半熟オムライス』……か」

ピラフを炊飯器で炊いて、あとはフライパンで卵を半熟にするのみ。包丁を使うのは玉ねぎのみじん切りだけ……と書いてある。これなら初心者でもどうにかなりそうだ。

キッチンの棚には士貴さんが揃えておいてくれた最低限の調味料がある。順に見ていくが、レシピに必要なオリーブオイルが見当たらない。冷蔵庫の中もチェックする。生クリームとミックスベジタブル、それとパセリが必要だ。次々とスマホのメモに加えていく。

「あとは玉ねぎ……って、普通はどこに置いてあるんだろう。冷蔵庫になければないってことなのかな」

キッチンにある物を把握しきれていないためよくわからないが、とりあえず買っておけば間違いはないだろう。最後に『玉ねぎ』とメモに加えると、スマホをハンドバッグにしまって玄関を出た。

向かった先はマンションから道路を挟んで徒歩二分のスーパーマーケット。

マンションが提携している食材宅配サービスに頼めば大抵のものは持ってきてもらえるのだが、今日は自分で材料を揃えたかった。

じつを言うと、私が一人でスーパーマーケットに行くのはこれがはじめてのことだ。幼い頃に母に連れられて買い物に行った気がするけれど、その記憶はおぼろげでしかない。

緊張とワクワクを抱えながら、物珍しい店内をゆっくりとまわっていく。

冒頭いきなり難題にぶち当たった。『玉ねぎの種類が多すぎる問題』だ。白に紫に黄色。サイズもいろいろあって迷ってしまう。

――紫のはサラダによく入っているから、加熱するならたぶん白か黄色。

両方を手に取って悩んでいると、ベテラン主婦らしい年配の女性が黄色い玉ねぎを手に取った。

「あのっ、それってピラフに使えますか？」

「えっ？　もちろんよ。あなた、そんなことも知らないの？」

「すみません、料理をしたことがなくて」

情けなさから小さく肩をすくめると、彼女は私の結婚指輪に気づき、「あら、新婚さん？　ご主人のために頑張ってるのね」と笑顔を見せる。

最初は怖そうに見えたが優しい人だったらしい。私がオムライスを作りたいのだと言うと、一緒に材料を揃えるのを手伝ってくれた。

「向こうにみじん切りしてある玉ねぎも売ってるわよ。包丁を使ったことがないのなら、そっちのほうがいいんじゃないかしら」

「ありがとうございます。けれど料理を覚えたいので」

毎日料理をするなら、包丁にも慣れていかなくてはいけないだろう。怖がってばかりいないで、自分でできることはやってみようと思う。

「あら、旦那様を愛してるのね～。仲良しで羨《うらや》ましいわ」

「はい……大好きなんです」

「こんな可愛らしい奥さんに愛されて、旦那さんはしあわせものね。包丁は『猫の手』よ。頑張ってね！」

最後に励《はげ》ましの言葉をかけて、彼女は自分の買い物に戻っていった。

――しあわせもの……か。

羨ましいとかしあわせだとか。新婚らしい会話が嬉《うれ》しい反面、彼女を騙したようで心苦しい。だって私たちは見せかけの夫婦なのだから。

私はレジに並ぶと、バッグからサーモンピンクの長財布を取り出した。この財布は就職祝いとして千寿さんがプレゼントしてくれたものだ。今まではほとんど日の目を見なかったけれど、ようやくちゃんと使えることになった。

支払いには自分のカードを使うことにする。士貴さんから「自由に使っていい」と彼のカードを渡されているが、今日の買い物は私が勝手にするものだ。自分で稼いだお金で済ませたい。

マンションに戻ると息切れがする。買ってきた食材を片付けて、しばしベッドで横になる。酸素吸入をしようとボンベに腕を伸ばしたところで手を止めた。

――駄目だ、これでは薬をやめた意味がない。

胸に両手を当てて、目を瞑《つむ》る。大きく息を吸って吐《は》いてを繰り返すと、少し呼吸が楽になってきた。

次に士貴さんの顔を思い浮かべる。彼がトロトロの半熟オムライスを食べる姿を想像してみた。

『うん、美味しいよ。千代、頑張ったね』

彼に頭を撫《な》でられる。大きな手のひらは温かくて優しくて……。

そんなことを考えていたら、知らずに笑みが浮かんでいた。私にとっては士貴さんが一番の安定剤らしい。

その晩、士貴さんが帰宅したのは午後九時過ぎ。今日は大きな手術があったのだそうだ。

「寝ていてもよかったのに」

玄関で出迎えた私にそう言いつつも、彼は笑顔を見せてくれた。

士貴さんがお風呂に入っているあいだに、急いでオムライス作りを開始する。

じつをいうと一回作って練習したので、手順はバッチリ頭に入っている。

白い皿にピラフを盛って、バターたっぷりの半熟卵を載せた。ちょっと不格好ではあるが、普通にオムライスらしく見えている。上にケチャップでハートを描いたら完成だ。

野菜サラダとコンソメスープも添えた。スープは粉末に湯を注いだだけのインスタントだが、いずれちゃんと作れるようになるつもりなので許してほしい。

——って、私にはあまり時間がないんだから、早く作れるようにならなくちゃね。

スウェット姿の士貴さんが、ダイニングテーブルの料理を見て目を丸くした。

「すごいな……千代が自分で作ったの？」

席につきながら、同じメニューを前にして座っている私を見た。

「俺を待っていてくれたんだね。嬉しいけれど、これからは先に食べていてほしい」

遅い時間の食事は胃や心臓に負担がかかる。寝不足もよくないから、俺のことは気にせず結婚前と同じ生活リズムで暮らしてほしい……と医師らしく懇々《こんこん》と説《と》かれてしまった。

「やっぱり親子ですね。父親の天方先生と口調が一緒ですよ。まるで診察を受けているみたい」

「悪かった、これじゃあ家がクリニックみたいだな」

彼が苦笑しながら頭を掻《か》いた。

「医師としての意見はさっき言ったとおりだが……夫としては、千代と一緒に食事ができて嬉しいよ。料理、頑張ったね。俺の帰りを待っていてくれてありがとう」

「士貴さん……」

思わずほろりとした私を見て、彼が慌てて隣の席に移動する。胸に優しく抱き寄せられた。

「こんなに可愛い奥さんをもらえて、俺は本当にしあわせ者だな。神様に感謝だ」

――そんなの私のほうこそ……。

彼に出逢わせてくれた神様に感謝したい。その代償が心臓の病気なのだとしたら、私は甘んじて受け入れよう。


オムライスは気に入ってもらえたようで、士貴さんが「大成功だな。毎日でも食べたいよ」と褒《ほ》めてくれた。お世辞かもしれないけれど、昨日の失敗のあとだけに達成感がある。

食後に士貴さんがコーヒー、私が白湯《さゆ》を飲みながら、今日の出来事を語り合う。私がスーパーマーケットの話をすると、彼が「君のはじめてに立ち会えなかったのは残念だな。今度は二人で行こう」と言ってくれた。

彼が手にしていたマグをテーブルに置く。

「千代が好きな食べ物は、イチゴだったよね。好きな花が桜」

「えっ？　あっ、はい」

「ほかには？」

突然の質問に戸惑っていると、士貴さんがテーブルの上で両手の指を組んで、「千代が好きなものを教えてほしい」と前かがみで見つめてきた。

「よく考えたら、俺たちはこういう話をしたことがなかっただろう？」

長い月日を一緒に過ごしてきたはずなのに、まだまだ知らないことがたくさんあるから……と彼が言う。

——そういえば、そのとおりだ。

知り合ってから十六年。かなりの時間を一緒に過ごしてきたつもりでいたけれど、よく考えたら会っていたのは私の部屋での短い時間だけ。

本を読んでもらったり勉強を教えてもらったり、お見舞いに来てもらったり。そういう関わりの合間に知れたのは、彼の家庭環境や進学先、誕生日や右利きなことなど、どれも表面上の情報ばかりだ。

「えっと、私はフルーツはぜんぶ好きですが、イチゴが一番好きで……あとは、煮込みハンバーグとポテトグラタンも好きです」

「そうか、女の子らしいな」

「そうですか？」

女の子らしい食べ物というのがよくわからないけれど、士貴さんが目を細めて嬉しそうにしているので満足だ。

「好きな色は？」

「桜色です。ピンクというよりは薄い色の……」

「ああ、だからネグリジェがピンクだったんだね。とても可愛かった」

——ネグリジェ!!

昨夜の自分の行動が蘇《よみがえ》る。彼の部屋に夜這《よば》いした挙げ句、最後までしてほしいと執拗《しつよう》に迫った。

「私……痴女《ちじょ》ですね」

「いや、俺のほうが余計なことを言った」

「いえ、どちらかと言うと、昨日失礼なことをしたのは私だし……可愛いと思ってもらえたなら、よかったです」

「うん、可愛かった、とても」

微妙な空気が流れ、お互い同時に飲み物を口にする。

「士貴さんは？　好きな食べ物とか、好きなものとか」

どうにか話題を変えたくて、今度は私のほうから聞き返してみた。

彼は少し考えてから、「千代が作った『トロトロの半熟オムライス』だな」と答えてみせる。

「ちょっ！　そういう社交辞令とかはいいですから、本当に好きなものを教えてくださいよ」

「だから、千代が作ってくれたものが一番だと言っている。これから君が料理を作ってくれるたびに、俺の好きなものが増えていくんだろうな」

そんなことを言われると涙腺が緩んでしまう。

瞳をウルウルさせていたら、「昨日の焦げたハムエッグも悪くはなかったが、たった一日で俺の一番を更新したな」と白い歯を見せられて、スンと涙が引っ込んだ。

「あれはもう忘れてください！」

「忘れない」

士貴さんの黒い瞳がまっすぐに私を見つめる。

「忘れないよ、絶対に。君が俺のためにしてくれたことは、ぜんぶ大切な思い出だ」

――士貴さん、そういうのは困ります。

もうこれ以上何も望まないはずだったのに。十分しあわせなはずなのに。

――駄目ですよ、これじゃあ私がもっと生きたいと思ってしまうじゃないですか。

桜模様のグラスで白湯を口に運びながら、二人でいられる時間に感謝した。

＊　＊　＊

「――そういえば士貴から聞いたぞ、一緒にレセプションに行くんだって？」

私が専務室のデスクでメールチェックをしていると、千寿さんが新聞を広げたままソファーからこちらを振り返った。今日は新婚旅行から帰って五日後の木曜日。すなわち私が服薬を中止してから五日目の朝だ。

千寿さんは月曜日以来ずっと、三十分早い出勤を続けている。専務なのだから九時の到着で構わないのに、彼は『いや、兄妹タイムが必要だから』と言い張って聞かない。私も千寿さんと話をできるのは嬉しいので、こうして朝の『兄妹タイム』を楽しませてもらっている。

「うん、私が行っていいものか迷ったんだけど、パートナーを連れてくる人は結構いるから大丈夫だって」

千寿さんが言っているのは、今週末に開かれる胸部外科学会で催《もよお》されるレセプションパーティーのことだ。

都内のコンベンションセンターで行われる大規模な学会で、金曜日からの三日間、国内外の医師や研究者が多数集まってくるらしい。士貴さんはアメリカで受け持った症例をもとに、土曜日の午後から研究発表することになっている。そしてその晩催されるレセプションパーティーに、私も同伴することになったのだ。

『結婚報告も兼ねて知り合いに君を紹介したい。それと、こちらのほうが本題なんだが……アメリカから来る俺の恩師に会ってもらいたいんだ』と士貴さんが言っていた。

パーティーと聞くと気後れするけれど、彼の恩師であれば挨拶《あいさつ》しておきたい。私は彼の誘いに『よろしくお願いします』とうなずいたのだった。

「──今日は患者さんにトラブルがなければ定時に終われるみたいで、ここまで迎えに来てくれるって」

そのまま一緒にブティックに行って、パーティードレスを選んでくれるらしい。

「服を買いに行くのは千寿さんとしかしなかったから、ちょっと緊張してるんだけど」

「緊張する必要はない。楽しんでこいよ」

海宝の家にいたときは、家政婦さんに買ってきてもらうかインターネットで済ませていた。中学生くらいまではたまに千寿さんが買い物に連れ出してくれたのだが、それも義母が『心臓が悪い子を保護者の許可なく連れ出さないでちょうだい！』とか『あの子に構う暇があったら後継者としての勉強をなさい！』と彼に文句を言っているのを目撃して以来、断るようにしていた。

就職後は義母の目を気にせず外出できるようになったため、再び千寿さんと出掛けることができるようになった。しかし専務である千寿さんは会食が多くて一緒に帰れることは少ないし、彼の方針で私には送迎車がついたため寄り道することもない。

そもそも部屋で過ごすことが多かった私は人混みに慣れておらず、外出したあとはすぐに疲れてしまう。なので就職後も買い物はほとんどインターネットで済ませていたのだ。

「――まぁとにかく、仲睦《なかむつ》まじくて何よりだ」

「……うん」

一緒に食事をとったり日常の些細な会話を交わすことが『仲睦まじい』というのなら、

千寿さんの言葉は間違っていないのだろう。けれど夫に気を遣われて、こっそり自慰（じい）までさせている状況が、果たしてそう呼べるのかどうか……。

それでも士貴さんと買い物に行けるのは単純に楽しみだ。私はなんだか落ち着かず、ソワソワしながらその日の仕事をこなしていった。

時計の針が午後六時二十分を指すと、千寿さんが「おっ、愛しの旦那様がご到着だぞ」と声をあげた。先ほどから窓の外を気にしていた彼は、私よりも先に士貴さんの車を発見したらしい。私が立ち上がって窓から外を覗くと、路肩でハザードランプを点けて停車している黒いセダンが見えた。

「それではお先に失礼します」

ひらひらと手を振る千寿さんに見送られ、バッグを肩にかけて外へと向かう。玄関を出たところで私に気づいた士貴さんが車から降りてきた。ドアを開けて迎えられ、助手席へと乗り込んだ。

「勤務先で情報収集をしたんだが」

車を走らせてすぐに、士貴さんが意味不明な言葉を吐《は》いてくる。

「えっ、情報収集って、なんのですか？」

「ドレスの店」

聞けば彼は、病棟のナースに『二十代の女性用のドレスはどこに売っているのだろうか』とたずねたのだという。

「いきなりそんなことを聞いて、驚かれたんじゃないですか？」

「……すごく驚かれた」

士貴さんは前を見ながら苦笑する。彼は患者さんには積極的に話しかけるようにしているものの、スタッフには業務以外で自分から話しかけることがほぼないのだそうだ。

「自惚《うぬぼ》れていると思われるかもしれないが、下手に話しかけて勘違いされるのが嫌なんだ。過去にそういうことが何度かあって……」

「いえ、自惚れなんかじゃないですよ！」

冗談抜きで、士貴さんは本当にモテてきたのだろう。見ていなくたってわかる。彼がうっかり微笑《ほほえ》んでみせたりしたら、不倫でもいいから付き合いたいと思う女性が続出するに決まっている。

「それで、どうしたんですか？　勘違いされませんでした？」

私のために情報収集してくれたのだとしても、それで勘違いする女性が現れるのは嫌だ。

私が前のめりでたずねると、彼がフルフルと首を横に振った。

「いや、『愛妻家なんですね！』って皆から揶揄《からか》われたよ」

『奥様は綺麗な方なんでしょうね』と聞かれ、速攻で『そうだ』と答えたら、近くにいたドクターが口笛を吹くしナースは盛り上がるしで大騒ぎだったのだそうだ。

そのときのことを思い出したのか、彼が「惚気話《のろけばなし》は楽しいものだな」と目を細める。

——そうか、士貴さんは私のことを惚気たのか。そして楽しかったのか……。

胸の奥がなんだかくすぐったい。私はここ数日の悩みをしばし忘れ、頬を緩めながら外の景色を眺《なが》めていた。

彼が連れて行ってくれたのは、銀座《ぎんざ》のビルに入っているドレス専門店だった。見るからに高級そうなラインアップに尻込みしてしまったが、士貴さんはキャラに似合わぬ積極性で店員さんに話しかけ、次々とドレスを運んでくる。

「こんな豪華なドレスは着れないですよ！」

「俺がそれを着た千代を見たいんだ。夫のためだと思って着てほしい」

好きな相手にそんなふうに言われたら、叶《かな》えたくなるのが乙女心だ。

「似合わなくても、笑わないでくださいね」

「大丈夫、千代なら何を着ても似合う」

「まあ、ご主人様は奥様にベタ惚《ぼ》れですねぇ～」

「はい、惚れています」

——ちょっと士貴さん、何を言ってるんですか！

彼はたしかに女性を勘違いさせる天才だ。私もうっかり期待しそうになってしまう。

宣言どおり、彼は私がどのドレスを見ても「似合う」と「綺麗だ」を連呼して褒めてくれるものだから、調子に乗って五着も試着してしまった。

ぜんぶ購入しようとする彼を制し、紺色のシフォンドレスを買うことにする。袖の部分がラッセルレースになっていて、ロング丈なので上品に見える。

「すみません、こっちのピンクのドレスもお願いします」

士貴さんがレジに向かおうとする店員さんを呼び止めた。

――えっ？

彼が手にしているのは最初に試着したミモレ丈のドレス。綺麗な桜色で、ウエスト部分にリボンベルトがついている。正直いうと私が一番気に入っていたものだ。しかし襟ぐりが大きく開いていてノースリーブなため、学会のレセプションで悪目立ちしそうという理由で選ばなかった。

……というのは表向きの理由で、本当は子供っぽく見られたくなかったのだ。学会のパーティーであれば、女医さんもたくさん参加するに違いない。士貴さんと同年代には見られないにしても、三歳差くらいには……いや、そこまで贅沢《ぜいたく》は言わないので、せめて五歳差くらいまでには近づけたい。

「それは却下したやつじゃないですか。やっぱり学会のレセプションには……」

「ちがう。今度これを着てデートに行こう」

「デート!?」

「君は桜色が好きなんだろう？　それに、これが一番気に入っているように見えたから」

どうしてこの人は気づいてしまうんだろう。クールなのは見せかけで、いつも相手のことを気にかけてくれる。

「こんなに気配りできてスマートなんだから、モテるのは納得ですね」

「いや、だからこういうのは君限定だって言ってるじゃないか」

「まあ、本当に仲がよろしいんですね～」

店員さんの言葉に二人揃《そろ》って照れながら、大きなショッパーズバッグを持って店を出た。

その週の土曜日、私は秘書用の地味なスーツ姿でコンベンションセンターへと向かった。髪はシニヨンで一つにまとめ、化粧も落ち着いたものにしている。

車寄せでタクシーを降りると腕時計を見る。時刻は午後三時前。レセプションパーティーは午後六時からなので、本来ならまだマンションにいてもいい時間だ。

私はここに、学会発表を聞きにきた。士貴さんには『疲れてしまうからパーティーギリギリに来ればいい』と言われていたが、どうしても彼の発表が聞きたくて、内緒でこっそり来てしまったのだ。

――だって私は彼の仕事のことを知らないから。

新婚旅行から帰ってからの士貴さんは、ずっと忙しそうにしていた。循環器センターから帰宅すると自室に篭《こ》もり、夜遅くまで作業をしている。朝食のとき以外ほとんど会話をする時間がなく、もちろん身体の触れ合いもない。

唯一《ゆいいつ》昨日の買い物だけが例外で、それさえマンションに帰ってすぐに、「学会の準備があるから」と部屋に入ってしまった。

医師の仕事は病院だけではないということなのだろう。

私に何ができるわけでもないけれど、少しでいいから彼の仕事を理解しておきたい。病院まで偵察に行くわけにはいかないけれど、学会発表なら私でも見ることができる。

こんな絶好のチャンスを逃したくなくて、バレたら叱《しか》られるのを覚悟で実行に移したのだった。

後ろのほうの席に座って発表を見ていると、それから三人目に士貴さんが登壇した。

彼はアメリカで手術をした症例について堂々と発表し、皆から盛大な拍手を受けていた。

その後の質疑応答でも日本語と英語両方で流暢《りゅうちょう》に答えている。

――すごい。やっぱり見にきてよかった。

夫の勇姿に見惚《みと》れていると、すぐ前の席で女性たちが「やっぱりカッコいい」とか「昔も素敵《すてき》だったけれど男ぶりが増した」と噂話をしているのが聞こえてくる。どうやら女医さんのようで、彼のことを医学部時代から知っているらしい。

「でもさ、彼、めちゃくちゃ優秀だったから、卒業前にはもう各科から声をかけられてたでしょ？　そのままこっちにいれば教授になれたのに、もったいないよね」

「六年生のとき、内科部長の家に招待されて、娘を紹介されてたしね。それを蹴《け》って卒業と同時に渡米を決めたから、恩知らずだって叱られたんだっけ？」

「まあ、それで本当にアメリカの医師免許を取っちゃうんだからすごいよ。凱旋《がいせん》帰国じゃん」

「けれど、うちの大学には戻れなくて循環器センターに行ったんでしょう？」

──そんなことがあったの⁉

内科部長の話も、恩知らずと叱られた話も初耳だ。

──それに、内科部長の娘さんのことも……。

そんなにいい話があったのに、士貴さんは私のために出世コースをはずれてしまったのだ。

彼と父、そして千寿さんとは一体いつから約束していたのだろう。

彼は大学を卒業したときに、私を助けるために渡米すると言っていた。あの頃にはすでに何らかの契約が成立していたということなのだろうか。

──いつも私は蚊帳《かや》の外。

ただ甘やかされて、与えられたものを受け取っているだけ。そして彼の人生の足枷《あしかせ》になり続けるのだ。

士貴さんの発表が終わり、次の登壇者が話し始める。しかしもう、私の耳には何も入ってこなかった。


しばらくして会場を出ると、私は予約していた美容院に向かった。そこで紺色のシフォンドレスに着替えると、髪をアップに整え、大人っぽく、そして顔色がよく見えるようバッチリとメイクを施してもらう。

今までは村口さんに髪を切り揃えてもらっていたため、美容院に来るのははじめてのことだ。

仕上げで髪にヘアスプレーをかけられた瞬間、思い切り吸い込んで激しく咳き込んでしまう。

「お客様、大丈夫ですか?」

「はい。あの、お水をいただけますか?」

水のペットボトルをもらうと一気に三分の一ほど飲み干した。咳は落ち着いたが少し息苦しい。

しかしもうすぐレセプションの時間だ。すぐに行かないと遅刻してしまう。

私は再びタクシーに乗って会場まで急いだ。

レセプションパーティーが催されるのは、コンベンションセンターのすぐ隣に建つホテルだ。建物が通路で繋がっているため、士貴さんはそちらから直接来ることになっている。

私がホテルの前でタクシーを降りてエントランスに入ると、ロビーの椅子《いす》から士貴さんが立ち上がり、すぐに駆け寄ってきた。

「千代、来てくれてありがとう。迷わなかったか？」

まさか三時間前に一度来ていたとは言えないので、私は「大丈夫です」と曖昧《あいまい》に微笑んでおく。

それにしても、士貴さんは我が夫ながらイケメンオーラが凄《すさ》まじい。

濃紺のスーツとシルバーグレーのストライプタイが、知的で落ち着いた彼に似合っている。壇上の姿も素敵だったけれど、間近で改めて見ると美形ぶりに圧倒されてしまう。実際ロビーでは目立ちまくっていて、周囲の人々から羨望《せんぼう》のまなざしを浴びていた。

士貴さんはその場から一歩下がり、私のドレス姿に上から下まで視線を移す。

「うん、やはりとても似合っている。そのヘアスタイルも大人っぽくて素敵だ」

「ありがとうございます」

「顔色もいつもよりいいみたいだね」

「ふふっ、そうですか？」

――プロにお化粧してもらってよかった！

わざわざ美容院に行った甲斐《かい》があったと胸を撫で下ろしつつ、彼と並んでバンケットルームに向かう。受付を済ませて会場へと入った。

レセプションパーティーは立食で、壁際のテーブルにずらりと料理が並び、即席のバーカウンターではバーテンダーがアルコールを提供していた。

学会からそのまま移動してきた人が多いからか、落ち着いた色味の服装が圧倒的に多い。上品なドレスを選んで正解だったとほっとする。

士貴さんのエスコートで循環器センターの同僚に挨拶を済ませると、次に奥のほうで立ち話をしている年配のアメリカ人男性の元に連れて行かれた。

『お話中に失礼します。トーマス、彼女が私の妻の千代です』

士貴さんが英語で話しかけると、トーマスと呼ばれた男性が『ああ、彼女が例の……』と私をまじまじと見つめた。シルバーヘアにブルーアイ、柔和な顔立ちをした痩身《そうしん》の男性だ。

『千代、こちらは俺がロスの病院でお世話になった、ドクター・スピロだ』

『はじめまして、ドクター・スピロ。お会いできて光栄です』

私も英語で挨拶をすると、彼は目尻に皺《しわ》を寄せて微笑みかける。

『こんにちは、チヨ。私のことはトーマスでいいよ。シキの自慢のワイフにお会いできて光栄だ。噂どおりとてもキュートだね』

――えっ、私のことを知ってるの？

噂話の内容が気になるところだが、彼は気さくな人らしい。茶目っけたっぷりにウインクされて、あっという間に緊張が吹き飛んだ。

『トーマス、今日の予定は大丈夫ですか？』

『ああ、もちろんだ。……チヨ、またあとでゆっくりと話をしよう』

――あとで話？

「千代、今日は途中で抜けて、このホテルのトーマスの部屋に行くから」

士貴さんから耳打ちされて、私は首を傾《かし》げる。

――この会場を抜けてわざわざホテルの部屋に？

しかし七年間もお世話になった恩師なのだ。きっと積もる話があるのだろう。そこでは短い挨拶を交わしてその場を離れた。

食べ物のテーブルに向かおうとしたそのとき、今度は違う方向から「おい、天方！」と声がかかる。

「医学部時代の同期だ」

士貴さんから説明を受けているあいだに同期の三人組が近づいてきた。彼らも今日の学会に参加していたらしい。

挨拶もそこそこに近況報告が始まって、「おまえ、綺麗な奥さんをもらったな」とか「若い相手で羨ましい」などと士貴さんを囃《はや》し立てる。

「それにしても、この堅物《かたぶつ》が結婚か〜。奥さん、コイツは超絶モテていたくせに、誰にも靡《なび》かず勉強ばかりしていたんですよ」

──そうか、士貴さんは学生時代から真面目《まじめ》だったんだ。そしてやはりモテていたんだ。

医学部時代の彼を想像してニマニマしてしまう。

「そうそう、男にはそうでもないのに、女性には塩対応だったよな」

「そうだよ。もったいないことに、内科部長からの縁談話まで断っちゃってさぁ」

──あっ。

学会の発表会場で耳に入った会話を思い出す。やはり彼女たちが噂していたことは本当だったのだ。

「おい、やめろって」

私の表情が曇ったことに気づいたのだろう、同期の一人が肘で小突いて発言を咎《とが》めている。

「千代、今の話は大袈裟《おおげさ》に言っているだけだから。縁談じゃなくて、教授の家で進路の話をしただけだ」

士貴さんが慌てて弁解を始め、同期に向かって「いい加減にしろよ」と釘《くぎ》を刺す。

「ふふっ、士貴さんは本当にモテモテだったんですね。私なんかを選んでもらえて光栄です」

楽しい場の雰囲気《ふんいき》を壊すようなことはしたくない。私が笑顔を浮かべると、皆の表情があからさまにほっとした。

「いやいや、三十過ぎのおっさんがこんな若い子に相手にしてもらえたほうが奇跡ですよ！」「、「天方、ムッツリのおまえが若奥様と何を話すんだよ」と再び場が盛り上がる。

私はニコニコしながらも、徐々に頭痛がひどくなるのを感じていた。美容院からずっと息苦しさが続いている。額に脂汗が浮かんできた。

作り笑いで皆の会話にうなずいていると、士貴さんが「それじゃあ、また」と私の手を引きグループの輪を抜ける。

「少しうるさすぎたな……付き合わせて悪かった」

「大丈夫ですよ」

彼は壁際の椅子に私を座らせて、水の入ったグラスを手渡してくれる。

「肩で息をしているな。苦しいのか？」

椅子の前にしゃがみ込んで、私の脈を測りながら心配そうに見上げてきた。

「少し疲れただけです。しばらく休んでいれば落ち着くと思うので、士貴さんは皆さんのところに行ってください」

ここに移動するあいだにも、海外の人や年配の人に話しかけられていた。きっと学会発表の内容について語り合いたいに違いない。

「しかし……」

「どうしても無理だと思ったら声をかけますから」

士貴さんは躊躇《ちゅうちょ》していたけれど、私が大丈夫だと言い張るのを見て立ち上がる。お皿にフルーツを取ってくると、「それを食べて待っていてくれ。少し話をしたら戻るから」と言い残して、中央の大きなグループに加わった。

「ふ～っ」

私は椅子に座ったまま、大きく深呼吸を繰り返す。立っていたときよりは多少マシになったものの、呼吸は依然、苦しいままだ。口を開けて喘《あえ》ぐように息をしていると、目の前で見知らぬ女性が立ち止まった。

「さっき士貴くんと一緒にいましたよね？　あなたが彼の奥様？」

「あっ、はい。はじめまして、天方千代と申します」

目眩《めまい》を覚えつつも腰を浮かせると、「どうぞそのままで」と言われて椅子に座り直す。

「士貴くんだけ向こうにいるけれど、あなたは行かなくてもいいの？」

「はい、私は邪魔になってしまうので」

――大学か循環器センターの関係者なのかな。

見たところ、士貴さんと同年代か少し下くらいだろうか。ウエーブのかかった栗色のロングヘアをゆるくまとめ、耳に大きめのピアスをしている。身体のラインにフィットした黒いタイトドレスが色っぽい。雰囲気的に学会の発表者ではなさそうだが、彼女が士貴さんの知り合いであることは間違いない。

「私、今日は士貴くんに会えるのを楽しみにしていたの。そうしたらさっき、彼が結婚したって噂を聞いて」

医学部時代に彼が家に来たことがあるのだと聞かされて、『内科部長の縁談話』を思い出す。

――もしかしたら、この人が内科部長の娘さん？

「士貴くん、本当に可哀想」

「えっ？」

「彼、私の父のお気に入りだったんだけど、機嫌を損ねたせいで大学に戻れなかったの。優秀なのに、もったいない」

彼女は眉尻を下げ、大袈裟に肩をすくめてみせる。

「医者の世界でもコネクションは大事なの。せっかくの社交の場なのに、ぼんやり座っているような奥さんじゃ足を引っ張るだけなんじゃないかな」

彼女の言うことが正しすぎて、反論のしようもない。

——やはり私は疫病神だった。

私を産んだせいで母親は苦労して、海宝の家では家族の仲をギクシャクさせ、今度はとうとう優しい士貴さんまで巻き込んでしまった。

——ここに来るんじゃなかったな……。

彼女の肩越しに、外国人グループと話している士貴さんの背中が見えた。彼を囲んでいるメンバーには綺麗な女性も何人かいる。私なんかよりよほどお似合いだ。誰かが面白い話でもしたのか、どっと笑いが起こった。士貴さんの肩も揺れている。顔は見えないがきっと笑っているのだろう。

——とても楽しそう。あそこが士貴さんのいるべき世界なんだ。

目蓋《まぶた》の裏が熱くなり、彼の背中が滲《にじ》んで見えた。

そのとき突然、士貴さんがこちらを向いた。私と目が合うと、すぐさま小走りで戻ってくる。

目の前の彼女が私の視線を辿《たど》って振り返る。士貴さんの姿を認めた途端、「じゃ、さようなら」と言い捨てて、そそくさとその場を去っていった。

士貴さんが彼女のほうをチラチラと気にしつつ私の前にしゃがみ込む。

「千代、大丈夫か。彼女と何を話して……」

「大丈夫ですよ。私の具合が悪かったのを心配してくれただけです」

被せ気味に答えると、彼が訝《いぶか》しげに見上げてくる。

「目が赤いな。泣いていたのか？」

「違います」

「一人にして悪かった。もう出よう」

「でも、まだお話があるんじゃ……」

「トーマスの部屋に行く。それが今日のメインなんだ」

ドクター・スピロは一足先に部屋に戻っているのだという。彼に手を引かれて会場を後にした。

エレベーターの上昇に伴って頭痛がひどくなってきた。赤い絨毯《じゅうたん》の廊下を歩く。吸っても吸っても空気が肺に入ってこないみたいだ。目の前で士貴さんが部屋のチャイムを鳴らす。ドアが開くのがスローモーションみたいにゆっくり見えた。

「はっ、は……っ」

「千代？　……千代っ！」

ヒュンと血の気が引いていく。もう立っていることができない。脱力し、膝から崩れ落ちていく。

たくましい腕に抱き止められた。目を開けるとそこには大好きな人の顔。

「千代!」

――ああ、最期に士貴さんの顔を見ることができた。

神様、願いを叶えてくれてありがとう。けれどホテルの中では迷惑をかけてしまう。せめてマンションまで保ってほしかったのに……そう考えたところまでは覚えている。

徐々に彼の声が遠ざかり、私の視界が暗転した。

3、籠の鳥　Side士貴

「士貴《しき》、食べ物を買ってきたから朝飯にしよう」

ベッドサイドの椅子《いす》に座り千代《ちよ》の手を握っていると、コンビニから戻ってきた千寿《せんじゅ》が話しかけてきた。昨夜俺が、「千代が倒れて循環器センターに入院することになった」と連絡するやいなや、コイツはすぐさま駆けつけてくれたのだ。

ちなみに父親の海宝千晃《かいほうちあき》が姿を現したのは、それから二時間近く経ってからだ。どういう言い訳をして家を出てきたのか知らないが、土曜日の夜だというのにきっちり仕事用のスーツを着込んでいた。

『もう落ち着いているならよかった。費用は負担するから特別室に入れてやってほしい』

赤い花束を差し出して、これで役目は果たしたとばかりにそそくさと帰っていく。その後ろ姿を見たときは、怒りのあまり花束を背中に投げつけてやろうかと思った。

――花束なんか買ってる場合じゃないだろう！　千代は短時間とはいえ呼吸が止まったんだぞ！

この期に及んで格好をつけるのか。まだ妻子の目が怖いのか。金さえ出せば父親なのか。それでもこうして病院まで来ただけマシなのかもしれない。千代の義母と異母姉は顔さえ見せていないのだから。

――まあ、あの二人に来られても治療の邪魔なだけだが……。

「――士貴、コーヒーとお茶、どっちがいい?」

千寿が応接セットのテーブルに買い物袋をガサリと置いた。中から千代が好きそうなデザートをいくつか取り出すと、備え付けの冷蔵庫に入れていく。

「いや、俺は大丈夫だ」

「大丈夫じゃないだろう。昨夜からずっと寝ていないじゃないか」

「それはおまえもだろう。俺はいいんだ。千代がマスクをはずしてしまわないか心配だし、目が覚めたときにここにいてあげないと」

千寿が冷蔵庫のドアを閉めながらため息をつく。こちらに歩いてくると、「だからこそだろ?」と俺の肩に右手を乗せた。

「千代が起きたときにおまえが倒れてたんじゃ意味がない。とにかく食うか寝るかしろよ」

「いや、しかし……」

「それと……昨夜は俺が言い過ぎた。おまえのせいじゃないのにな」

しんみりとした声音に顔を上げる。目が合うと、千寿が「悪かったな」と肩に置いた手に力を込めた。

「いや、これはぜんぶ俺の責任だ。おまえが怒るのも当然だよ」


昨夜、千代がホテルの廊下で意識を失った。あっという間の出来事だった。

レセプションパーティーの最中から若干《じゃっかん》調子が悪そうなことには気づいていた。しかし愚《おろ》かな俺は、医学部時代の縁談話を聞かされて気にしているのだと勘違いしていたのだ。

それに千代の顔色がいつもよりよかったのも災いした。女性のことに疎《うと》い俺は、彼女が『そう見える』化粧をしていたことに気づいていなかったのだ。ほんの一時間ほどで退場するつもりでいたため、それくらいなら大丈夫だろうと油断していたのもある。

いきなり崩れ落ちた千代を支えて驚愕《きょうがく》した。彼女の呼吸が止まっている。脈はあるが意識がない。俺は必死で呼びかけた。

「千代っ！」

『シキ、彼女をすぐに部屋へ！』

トーマスの言葉で我に返り、部屋の内側に運んで床にそのまま横たえる。俺が救急蘇生を開始しているあいだに、トーマスがフロントに救急車とＡＥＤの要請をしてくれた。

さすが医学部の学会でよく使われるホテルだけある。ＡＥＤが心電図表示機能付きだ。

頻脈ではあるがVF《心室細動》やVT《心室頻拍》、ST上昇などの特徴的な異常波形は認められない。電気ショックは行わずに、救急セットのバッグバルブマスクを顔に押しつけ、手動で酸素を送り続ける。しばらくすると自発呼吸が戻ってきた。長いまつ毛がピクピクと動き出す。

「千代！　俺がわかるか？」

目蓋《まぶた》がゆっくりと開くも焦点が合っていない。またすぐに目を閉じてしまった。脳貧血を起こしているのかもしれない。

窓の外から救急車の音が聞こえてきた。

『私も一緒に行こう』

トーマスがパソコンを抱えてドアへと向かう。彼が一緒なら心強い。千代を乗せた担架に付き添って救急車に乗り込むと、俺が勤める循環器センターへと向かった。

検査の結果、千代は呼吸不全に伴う低酸素血症の状態になっていた。元々肺機能が弱っていたところに、何らかの刺激を受けて呼吸困難に陥《おちい》ったようだ。気管や鼻腔の粘膜に軽い炎症が見られ、肺胞《はいほう》のうっ血も認められた。今は強心剤とステロイドの投与と共に、ベンチュリーマスクで酸素療法を行っている。

千代が倒れたときに、彼女のバッグを探って気づいたことがある。いつも持ち歩いているはずの舌下《ぜっか》錠《じょう》入りのピルケースが見当たらない。代わりに出てきたのは学会のパンフレット。彼女は俺に隠れて学会発表を見に来ていたのだ。

いくら座っているだけとはいえ、何時間も同じ姿勢でいるのは彼女にとってつらいことだ。そのうえマンションと会場、そして美容院への移動を加えると、心身共にかなりの負担がかかっていたに違いない。

化粧で顔色が隠れていたとはいえ、気づいてやれなかった自分が情けない。

千寿が病院に到着したのが夜の八時前。彼に病状の説明を終えると、俺はトーマスをホテルに送りつつ一旦マンションに戻ることにした。千代のそばを離れたくはなかったが、入院用の荷物が必要だ。それに今まで処方されていた薬も持ってきておきたかった。

タクシーの中で俺はトーマスに話しかける。

『今日はわざわざ時間を作っていただいたのに、申し訳ありませんでした』

『いや、ちょうどお役に立てて幸いだったよ』

『心臓移植の説明は……』

『もしも君たちさえよければ、明日また病室に行って話をしよう。その頃には彼女も目を覚ましているだろうから』

『いいんですか？』

『もちろんだ。今回の訪日はチヨに会っておくのも大事な目的の一つだったからね』

――本当にありがたい。

トーマスには、俺が渡米を決めたときから千代の話をしてあった。彼はアメリカにおける心臓移植手術の第一人者だ。彼の元で学ぶと共に、千代の手術を執刀してほしいと再三頼み続けてきた。

海外に行くどころか、遠出《とおで》も俺との新婚旅行が初の千代にとって、渡米してさらに手術を受けるというのは大きな恐怖だろう。

少しでも彼女の不安を取り除き、心臓移植に同意させる。そして万全の状態で手術に臨みたいというのが俺の考えだった。

――トーマスに紹介したのも、そのための第一歩だったのだが……。

執刀医みずから手術の説明をしてもらえば多少は不安も軽減される。トーマスの人柄を知れば向こうの病院でもリラックスしやすいだろう。

そう思って準備を進めてきたが、俺のやり方が間違っていたのかもしれない。いや、動くのが遅かったのか。

頭の中でグルグル考えながら、ホテルでトーマスを降ろしてマンションに向かう。

千代の部屋に入るのは、最初に彼女を案内して以来のことだ。足を踏み入れた途端に違和感があった。部屋はがらんとしており、千代が引っ越してくる以前とほぼ変わらぬ状態が保たれている。

荷物を詰めようと、彼女のスーツケースを開けて息を呑《の》む。空《から》だと思って開いたそこには、きっちり整頓された状態で荷物が詰まっている。

――どうして？

俺は慌てて立ち上がり、ウォークイン・クローゼットを開けてみた。なんと中身がスカスカだ。先日買ったピンクのドレスが、ビニールのかかったままの状態で吊《つ》るされている。あとは仕事用のスーツが三着とクリーム色のトレンチコートが掛けてあるだけ。残りの服は、下着も含めてすべてスーツケースに入ったままだ。

見渡せば、海宝家から送られてきた段ボール四箱が、部屋の片隅《かたすみ》に未開封で置かれている。まるで、自分がいつこの部屋から消えてもいいように、あえてそのままにしていたような……。

そのとき不意に、『立つ鳥跡を濁《にご》さず』という言葉が脳裏に浮かぶ。

ヒュッと心臓がすくみ上がった。

「嘘《うそ》だろ……」

ベッドサイドの引き出しを開けるとノートブックが目についた。手に取ってパラパラとめくると、料理のレシピが書かれている。『朝食メニュー』と『トロトロの半熟オムライス』のページに付箋《ふせん》が貼られているのを見て、胸が締め付けられた。ありがたくて愛しくて視界が滲む。

再び引き出しに目を向けると、病院から処方された薬の袋があった。手に取って中を見た途端に全身が総毛立つ。そろそろ無くなるはずの薬が、半分も手つかずで残っていた。

「薬を……飲んでいなかったのか」

俺は「くそっ！」と悪態をついて薬を袋ごと床に投げ捨てた。直後に後悔すると、しゃがんでシートを拾い集める。その指先が小刻みに震えた。

千代は死を覚悟していた。いや、みずから寿命を縮めようとしていた。その事実が襲いかかる。

「どうしてこんなことを……」

いや、思い当たることはある。家族の意に従っただけの結婚と、病気へのストレス。中途半端に触れておきながら彼女の願いを聞き入れず、最後まで抱こうとしなかった俺への絶望。

俺は両手で顔を拭《ぬぐ》うと涙を堪《こら》えて部屋を見渡す。

「千代はこの部屋で、絶望と苦しみに耐えていたのか」

これでは海宝の家にいたときと変わらない。彼女は誰にも弱音を吐《は》くことができないまま、たった一人ですべてを終わらせようとしていた。

あんなに細くて折れそうな身体に、たくさんの悲しみと隠し事を抱えて過ごしていたんだ……。

＊＊＊

――ああ、本当に人形みたいだ。

それが千代をはじめて見たときの第一印象。冗談抜きで、本当にベッドに人形が座っているのかと思ったのだ。

透き通るように白い肌と、瘦《や》せすぎと言っていいほどスラリとした長い手足、大きな瞳と小さくて赤い唇。まっすぐで艶々《つやつや》な黒髪。それはまるでデパートに売られている人形みたいで、生き物の躍動《やくどう》感というものをまるで感じさせなかった。

千寿から『わけありの異母妹《いもうと》』の話を聞いていた俺は、想像以上の透明感に息を吞む。

「千代ちゃん、これは私の息子の士貴だ。今度高校生になるんだが、学校や勉強のことで相談があれば、なんでもこいつに聞くといい」

「……はい、ありがとうございます」

今にも消え入りそうな小さな声が震えている。

――あっ、俺、怖がられているのか。

自分が無愛想《ぶあいそう》なことも、怖く見えることも自覚している。女はうるさいししつこいから昔から苦手だ。けれどこんな小さな子までビビらせるのは不本意なので、俺は無理やり笑顔を作る。

「千代ちゃん、俺は天方士貴。よろしくね」

俺が差し出した右手を、彼女の小さな手がそっと握り返してくる。その弱々しさに一瞬で庇護欲《ひごよく》が湧いたのを覚えている。

八歳の少女と何を話せばいいのかわからず、部屋にあったシンデレラの絵本を読み聞かせる。

はじめは不安そうに揺れていた瞳が、徐々に俺を受け入れ輝きを増す。ガラス玉みたいなそれに俺の顔が映り込むのを見た瞬間、胸の奥のほうがやけに疼《うず》くのを感じた。

途中で乱入してきた千寿にほっとしつつもなぜか残念にも思っていて。アイツが自慢げに絵本を読むのが気に食わなくて、俺は競うようにして続きを読んだ。


「──千代ちゃんと会ってみて、どうだった？」

海宝家から帰る車内で父に問いかけられた。

「どうって……」

とても可愛い……と言うのは照れ臭く感じたので、その部分だけ省《はぶ》いて「大人しい子だね。それに弱々しい」と無難に答える。

「そう、あの子は身体が弱いんだ。これからは、ああしてベッドで過ごす時間が増えていくだろう」

だから、たまに話し相手になったり勉強を教えに行ってあげてもらえないか？　と聞かれて躊躇《ちゅうちょ》しなかったと言えば嘘になる。

これが男の子であれば、庭でサッカーでもしていればいいだろう。しかし相手は小学生の女の子、しかも病気で激しい運動はできないときている。口下手な俺が楽しませることなんてできるとは思えない。

それでもうなずいたのは、彼女の瞳に俺が映り込むところをもう一度見たいと思ってしまったからだ。

——そしてまた、あの可愛らしい笑顔を見せてほしい。

だなんて、それもやっぱり口には出せなかったけれど。

「わかった。どうせしょっちゅう千寿に会いに行くんだし、ついでにあの子の部屋にも寄るようにするよ」

「ありがとう。あの子はいろいろ複雑でな。俺は診察はできても楽しませてあげることはできない。アルバイト代としてお金を渡すから、よろしく頼む」

お喋《しゃべ》りするだけなのでアルバイト代なんて必要ないが、お小遣いが増えるのはありがたい。そのお金でたまに絵本でも買っていってあげよう……などと考えて、俺はこの依頼を引き受けたのだった。そしてその関係は家庭教師と名を変えて、俺が大学二年になるまで続くこととなる。

千代の部屋に通い続けるうちに、それまで知らなかった海宝家の醜《みにく》い部分が目についてきた。

俺のことは笑顔で歓迎する母親や二千夏《にちか》ちゃんが、ひとたび千代の話題になると汚物《おぶつ》を見るように顔をしかめる。

「あの子は海宝の正当な血筋じゃないから構わなくてもいいんですよ」

「士貴さん、あんな子よりも私の家庭教師をしてよ～！」

——いくら愛人の子供だからって、千代ちゃんに罪があるわけでもないのに。

優しくできないのなら放っておけばいいものを、これみよがしに大声で毒を吐き続ける。

まるであの子が傷つけられるのが当然だとでもいうように。

海宝家での生活が長くなるにつれ、千代の瞳が色を失い感情を見せなくなっていく。唯《ゆい》一《いつ》千寿といるときだけは無邪気《むじゃき》な顔を見せるものの、それさえ家族の顔色をうかがいながらだ。楽しむことが害悪だと刷り込まれてしまっている。

「父さんを見ているとイライラするよ。俺は絶対あんなふうにはなりたくないね」

千寿も不満を募《つの》らせているものの、学生の身ではできることなんて限られている。それに下手に庇《かば》い立てれば火に油を注ぐだけだ。

俺たちはあの母娘の感情を逆撫でしないよう適度に機嫌をとりながら、千代のために何がしてやれるだろうかと考えていた。


俺が千代を好きになった瞬間を、俺自身がわかっていない。最初の頃からのような気もするし、もっとずっとあとのような気もする。

気づけば彼女のことばかりを考えるようになっていて、彼女の部屋を出た直後にはまた会いたいと思っていて。

最初はたぶん同情だったのだろう。あの檻《おり》のような家から彼女を救い出してあげたいと思った。

狭い鳥籠のような部屋の中で閉じ篭《こ》もり、息を潜《ひそ》めるようにして生きている少女。いや、あれが『生きている』と言えるのだろうか。彼女はあのまま何一つ望まず、ただ朽《く》ち果てていくのを待つだけなのか。

——そんなことをさせるものか。彼女が自分で動けないのなら、俺が連れ出してやる！

医学部に進んだ俺は、父と母を前に心臓外科医になることを告げた。

親から学費を出してもらっている以上、自分がこれからしようとしていることを正直に伝えておくべきだと思ったのだ。

「父さん、母さん、俺はアメリカで心臓外科医を目指そうと思う」

それはすなわち父のクリニックを継がないという決意表明にほかならない。多少の反対は覚悟していたが、予想に反して両親は落ち着いていた。

「……千代ちゃんのためか？」

父から聞かれ、俺のほうが動揺する。しかしここで隠したって仕方がない。俺は意を決してすべてを打ち明けた。

「ああ、俺は彼女を救いたいと思っている」

父はまるで最初からわかっていたかのように、「そうか」とうなずいた。母と目を見合わせているから、二人のあいだでそんな話が出ていたのかもしれない。

「ひと一人の人生に関わるのなら、生半可な覚悟じゃ駄目だ。最後まで梯子《はしご》をはずさないと誓えるか？」

「ああ」

わかっている。期待させるだけさせて突き落とすほど残酷《ざんこく》なことはない。中途半端に手を差し伸べるくらいなら、最初から何もしないほうがマシだ。

——俺は彼女の父親みたいな真似《まね》はしない。絶対に。

「同情じゃないんだな？　そこにちゃんと愛情はあるんだな？」

「もちろんだ。そのうえで、どうしたら彼女を救えるか考えてきた。そして決めたんだ、俺が彼女の病気を治す」

「千代ちゃんのためだけに医師になるというのか？　それでは彼女を治せたあとは？　目標を達成したら、おまえは医師を辞めるのか？」

「それは……」

鋭《するど》い追求に一瞬たじろいだが、俺は父をまっすぐに見つめて「いや、外科医としての腕を磨《みが》いて、一人でも多くの命を救ってみせるよ」と言い切った。

父を尊敬している。医師として患者と真摯《しんし》に向き合う姿をずっと見てきた。彼のような医師になりたいと思ってきたし、今もそう思っている。その気持ちは内科だろうが外科だろうが変わりはしない。

「そりゃあ、千代ちゃんを治したいという気持ちが一番ではあるけれど」

最後にこそっと本音を洩《も》らすと、父と母が「やっぱりね」と破顔した。

「医師としては『動機が不純だ！』と言いたいところだが、親としては、惚れた女のために必死になるおまえは嫌いじゃないぞ」

世の中には、実力も志《こころざし》もないくせに、親が医師というだけで当然のように跡を継ぐものがたくさんいる。そしてその大半は命を軽んじて金儲《かねもう》けに走る。そうではなく、常に使命感を持ち、努力し続ける姿勢が大事なのだと父は言う。

「人生は死ぬまで学習だ。学べ。そして精進しろよ、士貴」

「……はい、ありがとうございます」

しかし外科医を志す以上、内科のクリニックを継ぐのは無理だ。そのことを謝り頭を下げた俺に、両親は「気にするな」と即答する。

「何もおまえに継がせるためにクリニックを始めたわけじゃない。俺はじっくり患者さんと向き合える自分の城を持ちたかっただけだ」

将来的にこのクリニックと隣の家を潰して外科病院に建て直すもよし、ここに若夫婦の新居を建てるもよし。それに優秀な医師は世の中に五万といる。クリニックをスタッフごと引き継いでくれるなら、なにも身内である必要はないのだ……と父が続けた。

「俺は耄碌《もうろく》するまでは医師で居続けるつもりでいるが、引退後は母さんとあちこち旅行でもして余生をのんびり過ごすさ。アパート経営や株の収入もある。老後の生活に困ることはないだろう」

「そうよ、だから私たちのことは気にせずに、大切な女性を全力でしあわせにしなさい。そして、千代ちゃんのためだけでなく、自分自身が悔《く》いのない道を選びなさい」

いくらでもサポートはしてやる。困ったことがあれば頼ってこいと言われ、改めて親のありがたみを実感する。

——俺は本当にいい親に恵まれた。

それだけに、なおさら千代の不遇《ふぐう》が痛ましい。

「ありがとう。二人に恥じないよう、立派な医師になってみせる」

両親と固い握手を交わす。親として、そして人生の先輩としてのアドバイスと後押しを受け、俺は心臓外科医への道を進むこととなった。


医学部の勉強が忙しくなって家庭教師を辞めると、俺が千代に会う機会はめっきり減ってしまった。顔を見たいのはやまやまだが、わざわざ会いにいく理由がない。勉強を教えるわけでもなければ絵本を読むわけでもない。年頃の女の子の部屋に、用もなくのこのこ通えるほど厚顔でもない。

医師の資格を取れたら真っ先に報告しに行く……それを楽しみに、勉強と実習の日々をこなしていった。

医学部最後の夏、俺はＵＳＭＬＥ《米国医師国家試験》の筆記試験に合格した。あとは卒業後に渡米して実技試験を受け、ロスの病院で研修医としてキャリアをスタートさせる。最終目標は心臓血管外科と心臓移植のエキスパートだ。

父の親友であるドクター・スピロには話をつけてある。なんの実績もない俺がいきなりアメリカで働くのは至難の業《わざ》だ。コネでもなんでも使えるものはぜんぶ使う。そのうえで皆に俺の実力を認めさせればいいだけのことだ。

正直言えば、日本とアメリカ両方の勉強は過酷どころか地獄の苦しみだった。脳みそがパンクしそうになったし、寝不足で狂うかと思った。

それでもその先には彼女の笑顔が待っている。目標と希望と愛さえあれば、人間は自分でも驚くほどの力を発揮できるものなのだ。

内科部長から家に食事に来るよう誘われたとき、俺は理由がわからず首を傾《かし》げた。たしかにレポートや実習ではあちこちで褒《ほ》めてもらっているが、まだ一介の医学生でなんの実績もない。

「青田刈《あおたが》りだよ、青田刈り」

仲間からそう言われ、俺を内科の医局に誘うつもりなのかな？　などと思ったが、実際はそうではなかった。

一度めの食事で妻子を紹介され、二回目の食事では娘が隣に座ってきて、彼女の手料理だという肉じゃがを食べさせられた。三回目でとうとう「今度二人でデートにでも行ったらどうだ」と言われ、「俺は心に決めた女性がいるので」と速攻で断った。

あのときの内科部長と娘さんの真っ赤な怒り顔がそっくりで、さすが親子だな……と思ったことを覚えている。

「君はこの先、医局で上に行けないことを覚悟するんだな」

玄関先で部長からそう言われたが、それで結構。まったく困りはしない。俺は心臓外科医一択だ。医局に入って出世を目指す以上にやりたいことがある。

——俺の野望はそんなもんじゃない。長年の想い人を籠の中から解き放ち、その命を救うヒーローになるのだから。

春になり、医師国家試験に合格した俺は、両親への報告もそこそこに海宝家へと向かった。もちろん千代に海外行きを伝えるためだ。

千寿が一階のキッチンにコーヒーを淹れに行ったため、一足先に一人で千代の部屋へと向かう。彼女は薬でぐっすり眠っており、胸の上で指を組んでいる姿が『眠り姫』のようだった。

不意に彼女への愛しさと切なさが込み上げる。

——俺はこの子を置いてアメリカに行く。向こうに行けば最低でも七年間は会うことができないんだ……。

ゆっくりと身をかがめ、彼女の額に口づける。勝手なことをした罪悪感はあるけれど、それよりも好きな相手にキスをした感動で胸が震えた。

——絶対に助けるから。君を死なせたりしないから。

改めて目の前の少女と自分に誓う。

そのまま寝顔を眺《なが》めていたら、しばらくしてから部屋のドアがノックされて千寿が入ってきた。そういえばドアをちゃんと閉めていなかった。コイツに変なところを見られなくてよかったと胸を撫《な》で下ろす。

残念ながらその日は千代と話せなかったが、千寿には俺の気持ちを伝えることができた。俺がいないあいだに千代を守れるのも、俺が安心して気持ちを託せるのもコイツだけだ。この男にだけは自分の気持ちを隠さず話しておくべきだと思った。

「下では話せないから、ここで言わせてくれ」

邪魔をされたくないから海宝家の皆にはまだ内緒で……と前置きしたうえで、俺は自分の計画を語って聞かせた。

俺が父の跡を継がず心臓外科医になると知って千寿は驚いていたが、その先まで黙って耳を傾《かたむ》けてくれた。

「この家にいたら、千代ちゃんはいつまで経っても手術を受けることができない。俺が彼女と結婚して配偶者となり、手術同意書にサインをする。そしてアメリカの病院に連れて行き、心臓移植を受けさせる」

アメリカではドナーが見つかるまでの期間が平均二～三ヶ月と言われている。しかし実際どれだけ待たされるのかはわからないし、手術できたとして、退院がいつになるかも予測不能だ。だからそのあいだ現地の病院で働けるよう下地づくりをしておく必要があると俺は考えていた。

海宝家や俺の家からの援助があるといっても、一体どこまで費用が膨らむのかわからない。千代に最良の環境で最高の治療を受けさせるためには、油断も妥協も禁物だ。

「今のうちからアメリカに行くのは、もちろん心臓移植の技術を学びたいというのが一番だ。しかし千代ちゃんを連れて渡米するための下準備でもある」

そう告げたところで千寿が口を開く。

「士貴、おまえは千代のことを……」

「好きだ、ずっと前から」

「おまえ、千代への気持ちは同情じゃないのか？」

「そうなのかもしれない」

俺の答えに千寿が血相を変えた。

——けれど千寿、俺にとってはそんなのどうでもいいことなんだ。

顔が綺麗《きれい》だとか声が好みだとか、気が合うだとか。好きになる理由なんて人それぞれだ。

そこに同情が加わろうがなんだろうが関係ない。

それもぜんぶ含めて『俺の愛』なのだから。

「俺はただ、千代ちゃんと一緒にいたい。彼女を傷つけるすべてのものから守りたい。その役目は俺じゃなきゃ嫌で……ただそれだけなんだ」

正直に語り尽くすと、千寿はうなずいてくれた。

「……わかった。俺もできる限り協力するよ。だが、おまえの帰国まで千代が待っているという保証はないぞ」

そんなことは百も承知だ。それでもこのまま彼女が花を咲かせることなく朽ち果てていくのを黙って見ているよりはマシだ。俺はただの傍観者にはなりたくない。彼女の人生に関わり続けると決めたのだ。

彼女の手を引き連れ出して、必ず俺のものにする。この腕で力いっぱい抱き締めて、遠慮なく愛の言葉を浴びせることができる……その資格が欲しいんだ。

「帰ったら彼女にプロポーズする。それまで千代ちゃんをよろしく頼む」

「バカヤロー！　おまえに言われなくても千代は俺が守る。おまえは向こうで金髪ギャルとイチャイチャしていろ！」

「しないよ。そんなこと、絶対にしない。彼女だけだ」

――一生に一度、恋する相手もプロポーズする相手も千代ちゃんだけだ。

「わかったよ。おまえが帰ってくるまで千代と一緒に待っている。だから絶対に心臓外科医になれよ」

海宝の家では孤立無援。千寿だけでは守り続けるにも限界がある。だから一日も早く帰ってこい……そう言われた。

「ああ、約束する」

ぐっすりと眠る千代の前で、拳《こぶし》をコツンとぶつけ合う。こうして俺たちは男と男の約束を交わしたのだった。


そのあと一階のリビングに下りていくと海宝母娘が待ち構えていて、お茶の相手をさせられた。翌日のお昼に俺の合格祝いを催《もよお》してくれるという。このメンバーでのお茶会など気乗りしないが、おかげで千代に会う口実ができた。

「ありがとうございます。それでは明日、また来させていただきます」

翌日ダイニングに通されると、案の定千代の姿が見当たらない。

「……千代さんはいないのですね」

「あの子は体調が悪いようで……」

よくもこんな見えすいた嘘《うそ》をつけるものだ。

千代の勉強を見ていたお礼も兼ねてなら理解できるが、ただ単に合格のことだけならこの家族に祝ってもらう理由がない。

二千夏さんが俺に好意を寄せてくれているのは気づいていたが、こっちにその気もないのに笑顔を振り撒《ま》く気にもなれない。

「千代さんの体調が心配なので診てきます。一応医者の端くれですので」

とっとと食事を済ませ、コーヒーを一杯飲んだだけで立ち上がると、海宝母娘が苦虫を噛《か》み潰したような顔になる。

「士貴さん、待ってよ！」

「二千夏、うるさい女は嫌われるぞ。黙って食事をしろよ」

俺は千寿と目配せすると、アイツが二千夏さんの足止めをしてくれているあいだに急ぎ足で二階へと上がった。


千代は俺を見てびっくりしたが、それでも突然の訪問を素直に喜んでくれた。

アメリカ行きを話したものの、心臓外科医を目指すことや千代に心臓移植を受けさせたいということまでは話せなかった。

もちろん実現させるつもりでいるが、実際どうなるかは渡米してみなくてはわからない。向こうで一人前の医師になるには、それなりの月日と努力が必要だ。ぬか喜びはさせたくない。

――けれどそのあいだにほかの男に奪われてしまうのも嫌だ。

「俺は千代ちゃんを助けたい。アメリカでいっぱい学んで一人前の医師になって帰ってくる。だからどうか、俺を信じて待っていてほしい」

「……士貴さんが助けてくれるんですか？」

「ああ、俺が千代ちゃんを助けてみせる」

――だからどうか人生を諦《あきら》めないで。そして願わくば、ほかの男に心を奪われないでいてほしい……。

助けられる保証なんてない。いつ帰るかもわからない。ズルくて自分勝手な約束に、それでも彼女はうなずいてくれた。

「待っています。だから、アメリカで立派なお医者様になってくださいね」

「ああ、千代ちゃんも……おりこうにな」

抱き締めたくなる衝動を必死で抑え、彼女の頭をくしゃりと撫でる。

「ふふっ、おりこうって、私はもう高二になるんですよ」

「そうか……そうだな、君はもう立派な女性だ。本当に」

手のひらを頭から頬へと滑らせた。滑らかな白い肌。今すぐここに口づけたら、君はどんな反応をするのだろう。

――って、馬鹿《ばか》か、俺は。

熱を持つ下半身を誤魔化《ごまか》すように、俺は右手を差し出した。握り返してきた小さな手を、さらに強い力で握り返す。別れの実感が込み上げてきた。胸が締め付けられる。

「それじゃあ、行ってきます」

「行ってらっしゃい、気をつけて」

後ろ髪を引かれつつ、こうして俺は、彼女の部屋をあとにしたのだった。

カリフォルニア州ロサンゼルスにあるメディカルセンターは、心臓移植手術の成功症例数では全米で群を抜いている総合病院だ。心臓外科のトップを務めるのはドクター・トーマス・スピロ。心臓移植の第一人者で、その華麗なメスさばきは『神の手』とも称されている。

彼は俺の父親がアメリカ留学していたときからの親友だ。彼が家族連れで日本に遊びに来たときは、一緒に京都《きょうと》旅行にも行っている。

俺がこの病院で働くことができたのも、彼の推薦状あってのことだ。俺は医学部に入ってすぐから彼とメールでやり取りしており、アメリカで医師になるためのアドバイスを受けていた。

実際のアメリカ生活は想像以上に厳しく過酷だった。世界中から集まってきている医師は皆優秀で、のんびりしていたらふるい落とされてしまう。

あからさまではないものの、英語ネイティブではないことへの偏見や人種差別は存在する。ときには患者から見下されたり診察を拒否されるということもあった。

それでも俺が頑張れたのは、日本に帰って千代を救いたいという強い信念があってのことだ。

彼女が抱える、常に死と背中合わせの苦しみに比べたら、俺の苦労など瑣末《さまつ》なこと。英語が下手ならもっと勉強して上手くなればいい。

それにドクター・スピロの元には様々な症例が集まってくるため、医師として学ぶことは多かった。大変ながらも貴重な経験をさせてもらえたと思う。

そして七年後、数々の研修や専門プログラムを経て、とうとう俺は心臓血管外科と心臓移植の専門医の資格を取得した。

——やっとここまで来た。

俺自身の準備は整った。しかしまだ道半ばだ。次は日本に帰り、心臓移植に向けた本格的な行動に移さなくてはならない。

「今度は千代、君の番だ」

こうして俺は計画の第二段階に進むことを決め、帰国の準備を開始した。

じつを言うと、今回の俺の帰国は一年間限定だ。アメリカの病院では休職扱いとなっている。循環器センターで働くことは帰国前から決めていた。心疾患の治療においては日本最先端の技術を誇《ほこ》っているし、ロスの病院とは医師同士の交流が盛んで、共同で論文を出したりもしていたからだ。

俺が大学病院に戻らなかったことで、内科部長の妨害がどうこう噂《うわさ》されているようだが、最初から連絡も取っていないし戻るつもりもない。

日本で千代にプロポーズをして結婚し、心臓移植に同意させる。その後、循環器センターで俺が主治医として様々な検査を済ませたところで渡米する。それまでを一年間、いや、できれば半年以内で済ませるつもりで戻ってきた。

普通に考えれば無理だろう。俺が急に『好きだ』、『結婚してくれ』と言ったところで、千代がうなずかなくては始まらない。

渡米後も千寿と連絡を取り続けていたため千代の近況は知っていた。恋人がいないことも確認済みだ。それでも千代は簡単に『イエス』とは言わないだろうと思っていた。

俺は千代に気持ちを伝えたことがないし、彼女も俺を兄の親友としか見ていない。それ以前に、自分の病気を理解している彼女は誰かに愛されることを諦めている。いや、その資格がないと思い込んでいる。

二千夏さんが俺に気があるのは丸わかりだし、母親も一緒になって焚《た》きつけている感がある。それを知っている千代がすぐにプロポーズを受けるとは考えづらい。

しかし事態は一刻を争うのだ。千代の心臓は爆弾を抱えている。それがカウントダウンを始める前にことを進めなくては。

俺は千代の父親、海宝千晃氏とコンタクトを取ることにした。しかも妻には内緒で……だ。あの家はいろいろ複雑だ。千代と結婚するにはまず地盤固めが必要だと考えたのだ。

帰国の三ヶ月前、千寿を通じて「個人的なメアドを教えてもらえないだろうか」と確認を取ったところ、なんと向こうがテレビ電話での会話を望んでいるという。それこそ願ってもないことだ。海を越えた会談はその翌日に行われた。

『士貴くん、とうとう帰国が決まったそうだね。顔つきも立派になった』

「ありがとうございます」

『うん、本当に立派になった』

テレビ電話を望んだ割には世間話ばかりで本題を切り出してこない。

——だったら俺が先に千代ちゃんとのことを頼んでみるか。

そう考えて口を開きかけたとき。

『士貴くん、これは相談なんだが……千代と結婚してやってもらえないだろうか』

——えっ？

今まさにこちらがお願いしようとしていたことを先に言われ、俺は口をポカンと開けた。

「……千代さんが、そう望んでいるのですか？」

だったらこんなに嬉《うれ》しいことはない。喜々《きき》としてたずねた俺に、海宝氏は首をゆっくり横に振る。

『いや、これは私の独断だ。妻にも話していない。君も知っているとおり……あれは千代のしあわせなど望んでいないからな』

「でしたら、どうして……」

『千代は不幸な子だ。いつどうなるかもわからない。二十三歳にもなったことだし、せめて生きているうちに女性としてのしあわせを味わわせてあげたくてね』

妻はすぐにヒステリーを起こすし、あの子はこの家にいても居心地が悪いだけだ。結婚して家を出るのが一番だろう……と続く。

——そうなったのはあんたのせいじゃないか！

千寿からこの家の内情は聞いている。資金援助を得るために結婚をしておいて、海外で妻以外の女性と関係を持ち、子供を作った。

その子を引き取ったと思ったら、今度は妻子の目を気にして千代に十分な愛情を与えず家政婦任せにしたのだ。

あの子は家畜じゃないんだ、衣食住を与えればそれでいいってもんじゃないだろう。

——男ならビビってないで責任を取れよ！　あの子を守ってやれよ！

喉元まで込み上げた言葉を呑《の》み込んで、俺は冷静になろうと深呼吸をする。

こんな男でも千代の父親なのだ。それに彼が浮気をしなければ今ここに千代はいなかった。そのことだけは感謝したいと思う。

『君も知ってのとおり、千代はあんな身体だ。相手探しも難しいだろう』

その点、俺であれば海宝家の事情を知っているし千代自身も慣れている。医師だから安心だ。もちろんそれなりの持参金を持たせるつもりでいる……と言われ、身体の奥から怒りが沸々《ふつふつ》と湧き上がるのを感じた。

——ふざけるな！

どんなに言葉を取り繕ってみたところで、ようは手に余る千代を俺に引き取ってもらいたいと言っているのだ。

俺は膝の上で両手の拳を握りしめた。これが画面越しでなければ殴りかかっているところだ。

だがここで怒ったところで仕方がない。いや、むしろ好都合だと捉《とら》えるべきだろう。

——だったらこの機会を利用して、一気に話を進めてやる。

「……海宝さん、でしたら俺からもお願いがあります」

そこで俺は、元々彼に頼むつもりでいたことを口にした。

「結婚はできるだけ早く……半年以内、いや、できれば俺の帰国直後にさせてください」

『それはまた急な……』

「あなたにとっても千代さんにとってもそのほうがいいのではないですか？　そして結婚の条件として……千代さんに心臓移植の手術を受けさせてあげてほしいのです』

『それは……』

海宝氏の顔色がさっと変わった。彼の中では妻が反対した時点でこの選択肢が消えていたのだろう。

　わかっている、彼は妻に頭が上がらない。正攻法でぶつかってオーケーがもらえるとは思っちゃいない。だからこそ、このチャンスに乗じて無理にでも押し切らなくてはならないのだ。

「結婚したら彼女は俺の妻です。手術の承諾書にサインするのも俺、海宝さんは知らなかったことにすればいい」

　彼女が家を出てから決まったことなら責任はすべて俺にある。奥さんの苦情も俺が一手に引き受けると畳み掛けると、彼はしばらく考えてから『わかった』とうなずいた。

　本当は彼が『うん』と言わなければ、強硬手段で勝手に手続きを進めてしまおうと思っていた。千寿の協力があればどうとでもなる。ただ肉親には一言伝えておくべきだと思っただけのことで。

『妻にはいつ、このことを……』

「知らぬ存ぜぬで結構です。もちろん責任は俺が負いますから」

　海宝氏がまるで救われたかのようにほっとするのを見て、『逃げてばかりいるなよ！』と叫《さけ》び出したくなったが、そこはグッと堪《こら》える。今はとにかく彼の協力が必要だ。

　テレビ電話を終えると、俺はすぐに千寿に連絡を取って、たった今決まった内容を伝える。

「——千代ちゃんが俺を拒んだとしても、海宝さんや千寿の勧めがあれば最後は断れないはずだ。彼女には酷《こく》だが強引に話を進めさせてもらう」

俺の両親にも、帰国後すぐに千代と結婚すると連絡を入れた。最低でも二部屋あるアパートを探しておいてほしいと伝えたら、張り切った両親が物件巡りをして三ＬＤＫのマンションを購入していた。

あえて低層階の五階にしたのは、少しでも千代の心臓への負担が少ないように。そして、もしも病院に緊急搬送することになった場合、最悪エレベーターが止まっていても階段で移動できるようにという父の意見からだそうだ。循環器内科医らしい配慮だと思う。

こうして俺は、千代の気持ちを無視した形で徐々に外堀を埋めていったのだ。

三ケ月後、俺は帰国後すぐに約束の料亭に向かい、打ち合わせていたとおりに結婚話を切り出した。

案の定千代は自分の出自と病気を理由に固辞したが、海宝氏と千寿に説得されて了承する。

一番の問題は千代の義母と二千夏さんだ。俺も千代も成人した大人だし勝手に結婚したって構わないのだが、海宝氏のためにも『俺が決めたことだ』と説明しておく必要があった。

——千代が嫌な思いをしなければいいが……。

俺はどう思われてもいいが、怒りの矛先が千代に向かわないかと心配だ。そう危惧していたら、案の定、母娘で大騒ぎを始めた。その結果、千代が呼吸困難を起こしてしまう。千寿が慣れた手つきで千代を抱え上げるのを見て、あんなときなのに胸がジリついたのを覚えている。

興奮して泣き出した二千夏さんを、奥さんが連れて出ていった。海宝氏がやれやれという顔で見送ってから、俺に向かって姿勢を正す。

「見苦しいところを見せてしまったね。けれどまぁ、あとは千代を送り出してやるだけだ」

「……そうですね」

「士貴くん、頼みを聞いてくれて本当にありがとう。これでようやく肩の荷が下りる」

今後千代に何かあっても俺が責任を感じる必要はないし、その後は独身として自由にしてもらって構わないなどと言い募る。本当に千代のことをお荷物扱いだ。

この家で千寿以外の家族と話していると、いつも胸がザラつく感じがする。言葉遣いだけは丁寧なのに、言っていることは紙ヤスリみたいだ。粗くて薄っぺらいその口調で、千代は心を削られ続けてきたのだろう。

——彼女はこんなところで十六年間も……。

しかしもう、そのことはどうだっていい。千代がこの家を出てしまえば、二度とここに来ることはないだろう。

――あなたにはもう、何も望んだりしない。

温かい家庭や無償の愛。彼女が諦めてきたものすべてを、これからは俺が与えてみせる。

「……千代さんのところに行ってきます」

俺は席を立って千代の元へと向かった。

彼女の部屋に入るのは久しぶりだ。必要最低限の白い家具と本棚いっぱいの本。あの頃からほとんど変わっていない。

俺はベッドの横に椅子を持ってきて腰掛けると、スーツのポケットから四角いケースを取り出した。中にはビバリーヒルズのロデオドライブで購入したダイヤの指輪が入っている。アメリカで同僚女性に聞いたところ、そこが日本で言う銀座《ぎんざ》のようなものだと教えられたからだ。

「千代ちゃん、愛している。俺と結婚してください」

ダイヤの指輪を薬指にはめながら、一世一代のプロポーズをした。

「俺の奥さんになってくれるかな」

「私で、いいんですか？」

「千代ちゃんがいいんだ」

俺は口下手なところがあるから彼女に上手く気持ちが伝わっているのか心配だ。

「嬉しい、です」

彼女の頬を涙が伝う。

――そうか、嬉しいと言ってくれるのか。

ちゃんとわかっている。彼女が俺に向けている感情は、『好意』であって『愛』じゃない。優しい兄の親友、昔馴染《なじ》みの家庭教師、そしてこの家から救ってくれる救世主。この棘《とげ》だらけの檻から連れ出してくれるなら誰でもよかったのだ。

そして俺も、断りきれない彼女の立場をわかったうえでプロポーズした。

――今はそれでいい。けれどいつか、本当に俺を好きになってくれないか？

彼女の頬を指先で拭《ぬぐ》うと、はじめて額に口づけたときを思い出した。

――あのときは君は眠っていたけれど、今は……。

俺が顔を近づけると、千代が黙って目を瞑《つむ》る。濡《ぬ》れた目尻に口づけた途端、長いまつ毛がピクリと動く。もう止められない。唇をそっと重ねた。生まれてはじめての柔らかさに恍惚《こうこつ》とする。

「士貴さん、好き……」

――ありがとう、千代。

夢見ていた千代とのファーストキスは、嬉しさと罪悪感、そして彼女の涙の味がした。

千代の引っ越しはその二日後。これ以上海宝の家にいても、千代が嫌な思いをするだけだ。入籍も同じ日に済ませた。

マンションでは部屋もベッドも別々だ。結婚しても千代の身体に触れるつもりはない。渡米前に体調を崩すようなことはしたくなかったし、彼女の気持ちも伴っていないうちにそういう関係になりたくなかった。

千代は俺を好きだと言ってくれるが、きっとそれは『ヒナの刷り込み』みたいなものだ。家族以外で近い異性がたまたま俺だっただけで、ほかに選択肢もなかったのだから。

――だからはじめては、ちゃんと両想いになってからがいい……。

だなんて、思考が乙女すぎるだろうか。しかしお互いはじめてなのだから、最高の形で迎えたいのだ。

俺は三十一歳にして童貞だ。医師の父から『責任を取れないうちは女性にむやみに触れてはいけない』と教えられてきたし、思春期の頃から八歳下の少女の元に通い詰めていたのだから交際経験もない。当然セックスなんてまったくの無縁だ。

それなりに知識はあるし、アメリカ時代には千代のことを考えながら何度も自分で慰《なぐさ》めていた。それで十分だし特別不都合は感じないから、元々性欲が薄いのかもしれない。

――なんて思っていたのに……。

直後の新婚旅行で俺は早速やらかしてしまう。

旅行先に箱根《はこね》を選んだのは、比較的近場でありながらそこそこ遠出感があり、さらに温泉街で新婚旅行らしい雰囲気《ふんいき》を味わえるという理由からだ。

宿泊先は老舗《しにせ》の高級旅館。地元で有名な桜並木がすぐ近くにあるという宣伝文句が決め手になった。アメリカにいたときに千寿から千代と花見に行った話を聞いて、とても羨《うらや》ましく思っていたのだ。

温泉旅館ではやり過ぎた。

新婚旅行ということで舞い上がっていたし、露天風呂付きの離れということで開放的になっていたのもあったのだろう。

それに千代は、俺のキスを「嬉しい」と言ったり「アソコがヒクヒクする」なんてエロい言葉を吐《は》いてみたり。そんなの興奮するに決まっている。手を出さないという誓いなど、あっという間に崩れ去った。

――大丈夫、少し触るだけ。少し舐《な》めるだけ……。

女性の身体はこんなにも熱くて柔らかいものだったのか。これは麻薬だ、禁断の果実だ。一度齧《かじ》ってしまえば虜《とりこ》になる。この味を知らなかったときには二度と戻れない。

彼女の柔肌《やわはだ》に夢中になって、全身を撫でまわし味わい尽くした。挿入こそしなかったもの の、これではほとんどセックスだ。

案の定彼女が体調を崩し、慌ててベッドで休ませる羽目になる。

――マズい、やり過ぎた。

何が自慰《じい》で十分だ、性欲が薄いだ。旅行に来てからすっかりタガがはずれている。これではセックスを覚えたての中学生、いや、盛りのついたサルじゃないか。

――駄目だ、これでは千代の心臓が保たなくなる。本当にもうキス以外はしない。絶対だ。

翌日は初心に帰って観光に出掛けることにする。

千代が興味を持った『黒たまご』を食べることはできなかったけれど、代わりに切子細工《きりこざいく》の体験で、お揃《そろ》いの桜模様のグラスを作ることができた。

何より楽しかったのは食事の時間だ。なんと千代に念願の『あ～ん』をしてもらうことができたのだ。

千代の好物は甘酸っぱいイチゴ。どうして知っているかというと、家庭教師のおやつタイムに千寿と食べさせ合っているところを見ていたからだ。

『千代、おまえが好きなイチゴだぞ。ほら、あ～ん。次は俺な』

そんなふうに仲睦《なかむつ》まじい様子を何度か目にしていた。

――兄妹ってこんなことも平気でするのか。

一人っ子の俺にはわからないが、千寿と千代はかなり距離感が近いように思えた。千代が弱々しくて構ってあげたくなるのは理解できるが、それがなんだか千寿から見せつけられているようで。

ツッコミを入れることもできずに、胸をモヤモヤさせながら眺《なが》めていたのを覚えている。今思えば単純に嫉妬していただけだ。仲のいい二人が羨ましくて、憧れの『あ～ん』をやってほしかったんだ……などと言ったら千代に大人気ないと笑われてしまいそうだが。

けれど千代の手ずから食べた天ぷらもイチゴも舌が蕩《とろ》けそうなほど美味しくて、あのときの千寿の気持ちがなんとなくわかったような気がした。と同時に嫉妬の種火が燻《くすぶ》って、ふとしたときに思い出しては俺の胸をジリジリと焦《こ》がすのだ。

夜桜のライトアップを見たときの千代は格別に美しかった。儚《はかな》げで妖艶《ようえん》で、まるで桜の花の妖精だ。しかし白すぎる肌が人ならざるものにも見えて、このまま夜の闇に溶けていなくなってしまうのではと怖くなる。

慌てて彼女の指に結婚指輪をはめた。彼女の手をグッと握ると握り返してくれる。

――この手を絶対に離すものか。

千代は俺のものだ。誰にも渡したりしない。たとえそれがヒナの刷り込みであろうが勘違いであろうが構わない。

あの家から逃げるために俺を利用するだけすればいいし、それに罪悪感を持つ必要もない。だってすべては俺が望んだことなのだ。その結果、こうして君が手に入ったのだから……。

帰りの車内で熟睡する様子を見て、改めて自分の行いを反省した。

二泊三日の旅行は彼女にとっては過酷だったのかもしれない。俺に合わせて無理をさせたのではないか、何度も触れて苦しい思いをさせてはいないかと自問自答する。

——今回はたまたま何事もなかったからよかったものの、こんなことをしていたら手術どころではなくなってしまう。

今度こそ絶対に手を出すまいと自分に誓ったのだが……翌朝、千代が手料理などと可愛いことをしてくれるものだからいけない。ダボっとしたニットワンピースにエプロン姿のダブルパンチ、おまけに火傷《やけど》してまで頑張ってくれるいじらしさ。あっという間に男の本能が勃《た》ち上がった。

ワンピースの裾を捲り上げ、繁みの奥の割れ目に触れる。そこがすでに濡《ぬ》れそぼっていると気づいた途端、理性も遠慮も吹き飛んだ。

『気持ちい……士貴さんの指、好き……っ』

——そうだ、指でイかせるだけ。千代を気持ちよくするだけだ。

彼女が達するのを見届けてから、慌ててトイレに駆け込んだ。すぐに扱《しご》いて持て余した熱を発散する。

——手術さえ終われば、きっと……。

俺だってこんな生殺し状態でいたいわけじゃない。けれど抱ければいいというものではないのだ。俺は千代とずっと生きていきたい。今の忍耐はそのために必要なものだと思っている。

なのに千代は俺の真意を知りもせず、抱いてほしいと迫ってくる。

「私の貧相な身体じゃそういう気になれませんか？　でも、男性は性欲を発散させるだけなら愛がなくても大丈夫だって……」

「愛がないなんて言わないでくれ！」

そんなの抱きたいに決まっている。

挿《い》れてしまいたい！　コレで千代の中心を突き上げて、ナカからドロドロに溶かしたい！　そんな欲がどんどん溢れてくる。

――このままでは本当に千代を壊してしまう。

その日から俺は、学会の準備を理由に自分の部屋に引きこもることにした。

それが千代を余計に苦しめていたとは知りもせず。

＊　＊　＊

「――俺のやり方が間違っていた。俺が強引に結婚話を進めて、その結果、千代をここまで追い詰めたんだ」

「だからおまえだけのせいじゃないって」

俺の肩をポンと叩《たた》き、千寿がソファーに戻っていく。コンビニの袋からペットボトルのお茶を手に取って、「俺も、俺の家族も一緒になって千代を追い詰めたんだ」と声を低める。

千寿はそう言ってくれるが、やはり元凶は俺なのだ。結婚してしまえばどうにかなると思っていた。レセプションパーティーのあとで手術の話をして、あとは渡米するだけだ……なんて、俺の勝手な思い込みだ。そこには千代自身の気持ちなんて含まれちゃいなかった。ぜんぶ独りよがりな俺の希望で、ただの暴走だ。

――そしてとうとう、千代に服薬拒否という最悪の手段を選ばせてしまった。

昨夜、千代の服薬拒否を告げたとき、千寿は烈火のごとく怒りまくった。

『おまえ、千代の何を見てたんだよ！　おまえが千代を守るって、しあわせにするって言うからアイツを託したんだ！　ふざけんな！』

俺の胸ぐらを摑《つか》んで大声をあげる千寿は、俺が今まで見たことのない激しい表情だった。

なんと言われても仕方がない。俺は千代だけでなく、千寿の信頼も同時に失ったのだ。

千代がこうなるまで気づけなかったことが情けないし、彼女にそこまでさせてしまったことがショックでならない。

八歳も年下の千代を騙《だま》し討ちのような形であの家から連れ出した。

後ろめたく思いながらも、彼女に触れられるのが嬉しくて。

暴走していく劣情《れつじょう》を恐れた俺は、いつしか愛情表現にまでストッパーをかけていたのだ。

――今頃になってこんなに後悔するくらいなら、もっと何度でも愛していると言えばよかった。一緒に生きたいと伝え続ければよかった。

「俺は本当に馬鹿だ……全然救えてなんかいなかった」

「何を言ってるんだよ。あの魔窟《まくつ》から助け出したのも、ホテルで千代の命を救ったのも士貴だよ。昨日俺に『命に別状はない。大丈夫だ』って説明してくれたのはおまえじゃないか。ほら、とにかく食え」

千代が目覚める前にこちらが倒れたら元も子もないと言われ、俺は「わかった、ありがとう」と立ち上がる。

千寿から差し出されたおにぎりを手にした途端、気が抜けたのか急にどっと疲れを感じた。

おにぎりにかぶりつきながらベッドを見るも、千代はまだ眠ったままだ。

――絶対に死なせない。今度こそ本当に千代を羽ばたかせてみせる。

酸素マスクをつけた青白い顔を眺めながら、俺は決意を新たにした。

4、本当の夫婦に

目を開けると真っ白い天井が見えた。あんなに頭が痛かったのに、嘘《うそ》みたいにスッキリしている。

――あれ、ここは天国なのかな。

いや違う、耳慣れた酸素の音が聞こえているし、鼻には経鼻《けいび》カニューラが装着されている。ここは……。

右手に温かさを感じて見れば、大きな手のひらで包まれている。

――そうか、私はまだ生きて……。

「千代《ちよ》っ！」

――士貴《しき》さん……。

ベッドサイドから見下ろす彼は、髪が乱れ、目の下に隈《くま》ができている。私は自分の作戦が失敗に終わったことを悟った。

「私……生きてるんですね」

「そんなの当然だろう！」

いきなり大声で怒鳴《どな》られる。

「君だけ先に死なせてたまるか！　いいか、今度こんなことをするなら俺が先に死んでやる！　それが嫌なら生きろ！　絶対だ！」

彼がこんなふうに声を荒らげたのははじめてだ。そしてここまで感情を露《あら》わにするのも……。

「迷惑をかけて、ごめんなさい」

士貴さんが唇を嚙《か》む。頬が震えて瞳が大きく揺れている。私は彼を悲しませてしまったのだ。

「……悪い、いきなり怒鳴りつけるなんて、やはり俺は夫として失格だな」

彼は鼻を啜《すす》り、大きく深呼吸を繰り返した。息を整えてから改めて両手で私の手を握る。

「具合はどうだ？　酸素の量を減らしたばかりだが、呼吸は苦しくないか？　水分を摂《と》れそうか？」

「大丈夫です」

士貴さんがリモコンでベッドの頭を上げてくれ、ペットボトルの水をグラスに半分ほど注いで渡してくれた。一口飲むと、冷たい液体が胃にスッと流れ込んでいくのがわかる。

急に喉の渇きを覚え、グラスの残りも飲み干した。

今が何時か知らないが、かなり長いあいだ眠っていたのだろう。

「ここは病院ですよね？」

私の問いに、士貴さんがうなずく。ここは彼が働いている循環器センターで、私は昨日ホテルで倒れてすぐに救急車でここに運ばれてきたのだという。

「今は午前十時過ぎで、さっきまで千寿《せんじゅ》もここにいたんだ。千代の容体《ようだい》が落ち着いているのを確認して、そのまま会社に行ったよ」

「千寿さんまで……」

これではただ皆を困らせただけだ。結局私は普通に生きていても死のうとしても、周囲に迷惑をかけてしまうということなのだろうか。

「ごめんなさい。本当に、ごめんなさい……」

両手で顔を覆《おお》ってうつむくと、ギシッとスプリングの音がして、彼の両腕で抱き締められた。

「謝るのは俺のほうだ。なんでも話してほしいと言っておきながら、俺自身は肝心なことを伝えられていなかったんだな」

彼は私の背中を撫《な》でてから、椅子《いす》に戻って姿勢を正す。

「千代、話をしてもいいだろうか」

「聞かせてください」

顔を上げて即答すると、士貴さんがティッシュを手渡してくれる。濡《ぬ》れた目尻を拭《ぬぐ》いつつ、私は話を聞く体勢を整えた。

「聞きたいです。どんな怖い話でも、隠さずぜんぶ教えてください」

——そして士貴さんの気持ちも……。

士貴さんがまっすぐ私を見つめてくる。私も目を逸《そ》らさず見つめ返すと、彼が意を決したように口を開く。

「千代、心臓移植の手術を受けないか?」

——えっ?

「そのお話は苑子《そのこ》さんが反対してたんじゃ……」

「知っていたのか。そうだ、彼女に反対されて、君の心臓移植への道は断たれてしまった。だから俺は、俺自身の手でその道を切り拓《ひら》くことを決めたんだ」

士貴さんから聞かされたのは、彼の医学部時代から十三年にも及ぶ私の救済計画だった。いや、高校時代にはもう考えていたというから実際にはもっと長いのかもしれない。

彼の進路変更、アメリカの医師免許取得のための勉強、彼の両親との話し合いや私の父の説得。アメリカでの辛《つら》く厳しい研修期間と専門医への道。

そのすべてが私に心臓移植手術を受けさせるための準備期間だったのだと聞いて、話の途中から溢れる涙を止めることができなかった。

「――俺の気持ちを押し付けたりして悪かった。俺の暴走で君を苦しめた」

私はふるりと首を振る。暴走だなんて、とんでもない。士貴さんはただ、底無しに優しい人なだけだ。

「けれど、もう多くは望まない。君が生きていてくれるなら、ずっと俺の片想いで構わないんだ」

――えっ？

「もう俺を愛してくれなんて言わない。だからどうか手術だけは受けてくれ。心臓移植が無事に終わったら、離婚したって構わない」

「ちょっ、ちょっと待ってください！　士貴さんが片想いって……片想いしてたのは私のほうですよね？　士貴さんはただの同情で、それに父からの援助も……」

「はっ？」

士貴さんが顔に似合わぬ間抜けな声を発する。

「俺は、プロポーズのときに愛していると伝えたはずなんだが。それに、好きじゃなきゃ身体に触れたりなんか……」

「私だって何度も好きだって言いましたよね？　それに、抱いてほしい……って」

語尾をむにゃむにゃと誤魔化《ごまか》しつつも訴えると、士貴さんが口をポカンと開けて固まった。

「嘘だろ……だって千代は、家に気を遣って仕方なく……それにこれは『ヒナの刷り込み』で……」

士貴さんがどうして急に『ヒナの刷り込み』などと言い出したのかは知らないが、なんだか勘違いされているというのはわかる。

——そうか、ちゃんと気持ちを伝えていたつもりが、一番肝心なところを伝えきれていなかったんだ。

「私の初恋は士貴さんです。ファーストキスも、身体に触れられたのも士貴さんだけ……」

愛しています……そう呟《つぶや》いた途端、彼が椅子から立ち上がった。両手で肩を摑《つか》まれる。

「千代、愛している。同情なんかじゃない。俺の生きてる意義なんて、君をしあわせにする以外にないんだから」

「だったら今、私はとてもしあわせです」

彼がゆっくり首を横に振る。

「君のしあわせはこんなもんじゃない。俺が一生かけてしあわせを与えてみせるから……って、俺はまた暴走しているな」

目を伏せた彼が愛おしくて。感謝の気持ちをどう伝えたらいいのかわからなくて。

私は身を乗り出して、彼の薄い唇にキスをした。

「……暴走しているのは私のほうですね」

照れ笑いをした途端、今度は彼の唇が降ってくる。舌と唾液を絡ませながら、ベッドに後頭部が沈むほど濃厚で深いキスをした。しばらくして顔を離すと、士貴さんが苦笑する。

「ごめん……嬉《うれ》しすぎて我を忘れた」

「私も……その、嬉しくて我を忘れてました」

照れながら見つめ合い、最後にチュッと短いキスを交わした。

椅子に座って姿勢を正し、士貴さんが「ところで今日なんだが」と話題を変える。真剣な表情。これはきっと医師としての顔だ。

「ドクター・スピロを覚えているね？」

「はい」

パーティーで会ったばかりだし、倒れたときも彼の部屋を訪ねるところだった。

「彼はアメリカにおける心臓移植手術の第一人者だ。君が望むのであれば、彼が執刀医になってくれる」

「えっ、執刀？」

つまりドクター・スピロが私に心臓移植の手術をしてくれるということだ。

「士貴さんは？」

「俺も助手として補助につく。しかし執刀医は『神の手』に頼みたいんだ」

今回、『神の手』と称されているドクター・スピロの訪日目的は二つ。学会発表と、私に心臓移植手術の説明をすることだった。士貴さんはドクター・スピロの元で心臓移植の現場に立ち会いつつ、私のことを相談していたのだという。彼は私を救うために準備を重ね、実現目前まで漕《こ》ぎ着けていたのだ。

「それじゃあ、せっかくの計画を、私の思い込みで壊してしまったんですね」

「まだ壊れちゃいない。トーマスは今日の午後からの予定を空けてくれている」

彼の帰国は明日の午後。短い滞在期間の中、わざわざ私と会う時間を作って待ってくれているのだという。

「君の気持ちを無視して話を進めたことを反省している。これからは一緒に決めていきたい。千代、トーマスと会ってもらえないか？」

ドクター・スピロと会うかどうか、その結果、手術を受けるのかどうか。それを最終的に決めるのは私なのだと言われた。

「私は……」

手術ができるなんて思っていなかったし、渡米するのも心臓移植にも恐怖はある。それでもすでに答えなど決まっている。

「手術を受けたいです、受けさせてください」

「神の手……」

小学三年生の春、誰にも迷惑をかけずに死にたいと考えた。高校進学直前、『待っていて』という士貴さんの言葉に生きる希望を与えられた。

再会して結婚して愛されて。それでも彼の言葉を疑って、一度は死ぬことを覚悟して……。

「私は贅沢《ぜいたく》ですね。もっと生きたいと思ってしまいました。今私が怖いのは……士貴さんと二度と会えなくなることです」

私にできる恩返しは、彼の想いに報《むく》いることだ。目の前にいる夫のためにも、何がなんでも生き抜きたい。今は心からそう思える。

「士貴さんを愛しています。あなたと一緒に生きさせてください」

「千代……」

士貴さんの瞳が大きく揺れる。頬を震わせながら、「ありがとう」と何度も呟いた。

「まだまだ、もっと贅沢を言ってくれ。俺がぜんぶ叶《かな》える。飽きるほど一緒にいるから……だから、もう二度と、命を絶とうだなんて……思わないでくれ……っ」

最後は涙声になりながら、私の両手を握りしめた。

――生きていてよかった。この大切な人を遺《のこ》して逝《い》かなくてよかった。

彼に救われた命だ。これからは悲観するのではなく、彼と共にしあわせになることを考えよう。

「士貴さん、よろしくお願いします」

こうして私は心臓移植手術を受けることを決意したのだった。

ドクター・スピロの説明は丁寧で理解しやすかった。ベッドのオーバーテーブルにパソコンを置くと、私の病気や心臓移植について画像を見ながら話してくれる。私が理解しにくい医学用語は士貴さんが通訳してくれた。

『――移動中に何が起こるかわからないからね。長時間の飛行機移動に耐えうる体力があるうちに渡米することをお勧めするよ』

アメリカでは移植リスト登録後、待機期間はおおむね二〜三ヶ月。ドナーが見つかったとしてもマッチングテストで不適合であれば、次のドナーが現れるまでまた待ち続けることになる。

渡航準備も必要だ。私のパスポートやビザ取得にも時間を要する。今すぐに準備を開始したとしても、実際に移植手術ができるのは半年先、一年先になるかもしれないと聞かされた。

『ほかに何か質問はあるかな?』

最後にそうたずねられ、私は布団のシーツを握り込む。

『あります』

私の言葉に士貴さんとドクター・スピロが注目した。

『心臓移植の前に……性行為をすることは可能でしょうか』

士貴さんを見ると、彼は目を見開いて唖然《あぜん》としている。

こんなことを聞くのは恥ずかしい。けれどこれは、私が一番聞きたかったことだ。

『先生は今、手術が失敗する危険性についてもお話してくださいました。麻酔で眠ったきり、二度と士貴さんに会えない可能性もあるんですよね？』

だったら私は一度でいいから士貴さんとちゃんと結ばれたい。彼の妻として身も心も結ばれて、本当の妻として手術に臨みたいのだ。その記憶さえあれば、たとえ死の淵《ふち》に立たされたとしても、気持ちを強く持てるような気がするから……。

『不可能ではないが、危険もある』

ドクター・スピロは笑いも誤魔化しもせずに、穏やかな表情で答えてくれた。

『チヨが心配する気持ちはよくわかるよ。セックスは夫婦にとって大切な行為だからね』

性行為中は心拍数、呼吸数、血圧共に急上昇し、オーガズム後は心拍数が二倍近くにもなる。当然心臓には大きな負担がかかると説明される。

『しかし男性上位でセックスをした場合、女性よりも男性のほうが負荷が大きいというデータが出ている。つまり女性が激しく動かなければ、身体への負担を抑えることはできるんだ』

『先生、俺は童貞で彼女は処女です。お互いはじめて同士で、俺が上手くリードしてあげられるかどうか……』

「えっ、童貞⁉」

思わず声をあげた私に士貴さんが恥ずかしげに頭を掻《か》いた。

「君だけにこんな質問をさせて悪かった。夫婦の問題なんだ、俺も逃げずに考えるべきだったんだ」

彼はドクター・スピロに視線を戻す。

『俺も千代と最後まで結ばれたいです。けれどそのせいで彼女の寿命を縮めるようなことはしたくないし、無事に心臓移植を終えるまでは我慢すべきだと考えていたんです』

ドクター・スピロはパソコンで何かを検索して、私と士貴さんに画面を向ける。それは心疾患の患者の性行為についてまとめた論文で、行為中の数値まで事細かく記されていた。

『ここには、セックスができないことで心因性ストレスが蓄積し、心筋梗塞を発症したという例も書かれているんだ。つまり、いつ心臓が止まるかなんて、誰にもわかりはしないということだ』

もちろん元々心疾患を持つ私が性行為をすることはリスクを伴う。しかし今の私の状態であれば可能だろうと彼は言う。

『チヨが私の患者であれば、私は同じ質問に『イエス』と答えるだろう。しかしそこから先は自己判断だ。夫婦でしっかり話し合うんだね』

最後にそう締めくくり、彼は病室を出ていった。

ドクター・スピロを見送りに行った士貴さんが戻ってくる。椅子に座り直すと「驚いた？」と眉尻を下げ、微妙な表情で私を見つめる。

「何がですか？」

「いや、俺が、その……童貞で」

「驚きました。でも、嬉しかったですよ。だって私は誰にも嫉妬しなくていいってことですよね？」

私がふふっと笑ってみせると、彼もハハッと笑いを洩《も》らす。

「この歳で童貞だなんて言いにくかったんだ」

ずっと好きだった女性を抱いたら乱暴にしてしまいそうで怖かったし、一度結ばれたら歯止めが利かなくなるのも怖かった……と彼は言う。

「千代が手術を終えるまでは我慢すると決めていたんだが……そのせいで千代を悩ませていたなんて、本末転倒だったな」

それから私たちは、改めて二人のこれからについて話し合った。渡米のこと、手術のこと、仕事のこと。そして、セックスについても。

――ああ、私たちはなんでも言葉にしようと言いながら、肝心なところを避《さ》けたままでいたんだな……。

「今度こそ本当に、素直に気持ちを伝え合おう。夫婦らしく」

「はい、夫婦らしく」

「これからもよろしくお願いします……俺の奥さん」

窓の外はうららかな春の光が煌《きら》めいている。

――今年の桜はもう散ってしまうけれど、来年もまた、士貴さんと並んであの堤防の夜桜を見られたらいいな……。

そんなことを考えながら目を閉じて、私は彼のキスを受け止めた。

＊　＊　＊

「士貴さん、お帰りなさい。お疲れ様でした」

「ただいま、体調はどう？」

「大丈夫です。期外収縮はありましたが頻拍は無し。ＳｐＯ２は96％でした」

玄関でカバンを受け取りながら答えると、士貴さんは「そうか」と表情を緩め、私の頭をポンポンと優しく撫でた。

「食事にしますか？　お風呂にしますか？　それとも……」

廊下に上がった士貴さんが、ピクッと肩を跳ねさせる。

「お風呂に入って食事をして……それから抱く。いいね？」

じっと瞳を見つめ合ってから、私は「はい」とうなずいた。

私が倒れたあの日から、今日で一ヶ月経った。結局病院には五日間入院し、退院後は無理のない程度で家事をこなしている。

会社は退職した。というよりも、千寿さんにクビを言い渡された。

『おまえは士貴に心配をかけたぶん、料理を覚えて美味しいものを食べさせてやれ。そして早く二人揃《そろ》ってアメリカに行け！』

乱暴な物言いをしつつも、これが千寿さんの優しさだというのはわかっている。彼は私が海宝家にいるときからずっと、こうして私を守ってくれていたのだから。

そうして時間ができた私は渡米に向けての準備を始めた。事務的な手続きはもちろんのこと、士貴さんから心電図の読み方や機器の取り扱い方も教わった。何かあったときに最低限自分で対処できるようにという士貴さんの考えからだ。

今では基本的な心電図波形を読めるようになったし、採血の数値で正常か異常かの判断もできるようになった。

『守るっていうのは甘やかすこととは違ったんだよな。俺は根本的なところから間違えていたんだ』
そう士貴さんは言っていたけれど、やはり基本的には私に甘い。知らないあいだに村口《むらぐち》さんと連絡を取っていて、週に二日、我が家に家事をしに来てくれるよう手配してくれていた。彼女はセミリタイアして週に数時間だけしか仕事をしていなかったらしいが、『千代の手伝いをしてやってほしい』という士貴さんの言葉に『喜んで』と即答してくれたらしい。家政婦が来ると聞かされていた私は、ドアホンの向こうに村口さんの姿を見つけて歓喜したものだ。

「おっ、美味しそうだな。今日は魚の身が崩れていない」

「……それは村口さん作です。私は肉じゃが用の野菜の切り方を教わって、それから味付けも……」

「おっ、肉じゃがも美味しそうだ。すごいじゃないか！」

「もう、無理に褒《ほ》めなくてもいいですってば！」

「ハハッ」

今日は村口さんに手伝ってもらって、ぶりの西京焼きと肉じゃがとほうれん草のおひたしを作った。一昨日の夕食に鮭の照り焼きにチャレンジしたところ、見事に焦《こ》がした挙げ句、身がバラバラに崩れてしまった。今日は村口さんに魚料理の見本を見せてもらったので、次回は自力で頑張りたい。

「ごちそうさまでした」

いつものように綺麗《きれい》な所作で箸を揃えておくと、士貴さんが私をじっと見つめた。

「風呂に入ったし食事も終えた。あとは……いい？」

「……はい。シャワーを浴びてきます」

「寝室で待っている」

「はい」

結婚後一ヶ月ちょっと。本当の意味で、今日が私たちの初夜になる。病院で私たちは話し合い、退院後の再検査で問題がなければ最後までセックスをしようと決めていたのだ。

昨日の循環器センターでの再診では心臓に大きな変化はなく、レントゲン上も肺の炎症はおさまっていた。さっき自分で心電図と血中酸素飽和度もチェック済みだ。明日は土曜日だから士貴さんは一日中家にいる。何かあればすぐに対処することができる。

こうして万全の体制を整えて、今日のこのときを迎えたのだった。

シャワーを浴びてピンクのネグリジェでメインベッドルームに入る。部屋は間接照明で薄暗くなっており、士貴さんはTシャツにスウェット姿でベッドに寝そべっていた。私の姿を見ると身体を起こし、「千代、おいで」と低めの声で名を呼んだ。ゆっくりとベッドに上がって向かい合う。

「手を上げて」

私がバンザイの姿勢をとると、ネグリジェをスルリと脱がされる。彼もみずから服を脱ぎ、ボクサーパンツ一枚になった。下着姿で抱き締められて、そのままベッドに倒される。長いキスの合間にブラジャーがはずされる。耳をペチャリと舐《な》めながら、彼の右手が胸を包む。やわやわと揉み上げられて、久しぶりの触れ合いに「は……っ」と吐息が洩《も》れた。

「乳首が勃《た》ってるね。期待してた？」

囁《ささや》きながらピンクの先端を揺らされた。

「あっ！　気持ちい……っ。期待、してたから……っ」

「俺も期待してた。一日中」

彼が下半身をゴリッと恥骨に押し付ける。ソレはすでに熱くて硬い。彼も興奮してくれているのが伝わってくる。

「……っは、千代の肌に触れただけで堪《たま》らない。すぐにイってしまいそうだ」

「イっていいですよ」

「駄目だ、今日は千代のナカで出したい」

彼はゆるゆると下半身を押し付けながら、舌と唇で私の胸を愛撫する。痼《しこ》った先端を転がしてみたり、乳輪まで口に含んで吸い上げたりを繰り返す。カリッと甘噛みされると、なぜか蜜口がヒクついた。

士貴さんが上半身を起こし、私の股のあいだに陣取った。

「舐めるよ。苦しかったら言って」

膝裏から脚を持ち上げられて、左右に大きく開かれる。割れ目に彼の息が吹きかかり、直後に生温かい舌がザラリと舐め上げた。

「あんっ、ああっ！」

お腹の奥からトロリと蜜が垂れてくる。すかさず大きな水音を立てて啜《すす》られた。蜜口に舌がねじ込まれ、入口をグリグリ刺激する。熱くて気持ちよすぎて頭がのぼせそうだ。

舌の代わりに指が挿入《はい》ってきた。内壁を拡げるようにかき混ぜながら、合間に浅い部分を掠《かす》めていく。そのたびに腰がビクンと跳ねる。

指を二本に増やされた。敏感な部分を押し上げられて、強い刺激に身体がのけぞる。

「ああっ、やぁっ！」

「痛い？」

――痛くない、ただ気持ちよすぎて……。

そう声にする前に、チュッと蕾《つぼみ》に口づけられた。

「こっちに集中すると気が紛れるから」

言うが早いか表面を高速で舐められる。先端が熱い。背筋がゾクゾクする。

指の抽送が速められた。二本指がヌルヌルと滑る。中と外から同時に波が押し寄せてきた。太ももに力を入れて刺激を逃す。駄目だ、もう呑《の》み込まれる。

「やっ、あっ……ああーーっ！」

嬌声をあげて脱力すると、士貴さんの身体が離れていく。彼がサイドテーブルに手を伸ばし、しばらくするとカサッと乾いた音がした。頭を少しだけ上げて見ると、彼が避妊具を装着しているところだった。血管の浮き出た屹立に、薄い膜が被せられる。

私の視線に気づいた士貴さんが、照れ臭そうに口の端を上げた。

「ちゃんと着ける練習をしたから大丈夫。それよりも……今からコレを挿《い》れるよ」

「はい」

「俺が興奮しすぎて止まらなかったら、遠慮なく突き飛ばしてほしい」

「はい、よろしくお願いします」

「ふっ、こちらこそ、よろしくお願いします……って、なんか変だな」

そのやり取りで緊張が弱まった。はじめて同士、慣れないもの同士、格好をつけずに素直に言葉にすればいい。

彼の張りがピトリと蜜口《みなぎ》に充てがわれた。ゴム越しでも熱さが伝わってくる。

興奮と期待と緊張と。息を殺してじっとしていると、ゆっくりソレは挿入《はい》ってきた。

「う……っは、キツ……っ。千代、大丈夫か？」

「だいじょ……ぶ」

「辛《つら》かったら、言ってくれ」

腰を小刻みに揺らしつつ、彼の分身がこじ開けてくる。痛くて苦しい。「はっ、はっ……」と口で大きく息をした。

ある一点を突破した途端、ズルッと滑り込んでくる感覚があった。直後に最奥にトンと当たる。来たのだとわかった。

閉じていた目を開けると、すぐそこに彼の顔がある。額いっぱいに汗をかき、肩で大きく息をしている。

「挿入った……」

「はい、ナカに士貴さんがいるってわかります」

「胸は？　苦しくない？」

「圧迫感があるけれど、心臓は苦しくないです」

「そうか……」

彼の瞳が潤《うる》み出し、私の視界も滲《にじ》んでくる。キツく抱き合い嗚咽《おえつ》を洩らす。

「千代、ありがとう」

「私こそ……」

「……動いてもいい？」

「はい」

彼がゆるりと腰を動かす。撫でるように、優しくかき混ぜるように。私の身体を労《いたわ》りながら、徐々に徐々に、快感を加えていく。

「ん……っ、あっ」

胸の先端が擦《こす》れるたびに、恥骨と恥骨がぶつかるたびに、そこから甘い痺《しび》れが湧いてくる。まるで波紋が広がるように、全身が心地よさに包まれていった。

「士貴さん、気持ちい……」

「俺も……っ、腰から下が蕩《とろ》けそうだ」

彼の立派な漲《みなぎ》りが隘路いっぱいに占めている。ソレが滑るたびに内壁がうねり、彼を奥へと誘っていく。トン、トン、と軽いタッチで子宮口をノックされた。そのたびに腰が跳ね、「あんっ」と鼻にかかった声が出る。

「うわっ、千代、そんなに締め付けたら……もうイってしまう」

「私も、奥から何か……もう……っ」

二度目の波が訪れる。ゾワゾワと隘路を伝い、蜜口がキュッと窄《すぼ》まった。

「ああっ、イク……っ！」

「う……っ、出るっ！」

ナカで数回跳ねたあと、じわりとお腹が熱くなる。彼が達したのだ。

「……千代、心臓は？」

「少しドキドキしてるけど、たぶん大丈夫です。苦しくない」

彼は私の脈を測り、それから私をじっと見た。

「できた。一緒にナカでイけた」

「はい、できました」

抱き合って、それから深いキスをする。

――これで私は頑張れる。

これからの闘病生活で、きっと苦しいこともあるだろう。思いどおりの結果にならず、涙するかもしれない。

けれど私は大丈夫。生への執着を知ったから。

たとえ死の淵《ふち》ギリギリに立たされたとしても、彼の声が聞こえたら戻ってこられる。彼と生きるために帰ってくる。絶対に。

「……千代、どうした？　ぼんやりして」

「ううん、なんでもないです。ただしあわせなだけ」

――生きる喜びを噛み締めているだけ。

5、それから　Side士貴

病院の分娩室《ぶんべんしつ》で、医師や助産師の動きが慌ただしくなる。
『赤ちゃんが下りてこないな』
『先生、血圧が高いです』
ドクターが俺を見る。
『ドクター・アマカタ、吸引分娩に切り替えてもいいですね？』
『はい、お願いします！』
千代《ちよ》が荒い呼吸をしながら俺の手を握る。目が合うと朦朧《もうろう》としながらも唇を動かした。
「約束……お願い……」
彼女の望みはわかっている。けれど俺は……。
——くそっ！　やはり出産は無理だったのか！

＊＊＊

俺と千代が渡米したのは三年前の九月。四月に心臓移植を決意して、それから約五ヶ月後のことだった。

ロスの病院で検査を受けて、アパートで静かに暮らしながらドナーが現れるのを待った。俺が独身時代から住んでいたアパートは、病院からほど近い1LDK。決して広くはないけれど、俺たちのことを知る者が少ないこの地で、はじめてと言っていいほど穏やかな時間を過ごせていたと思う。

状況が変わったのは渡米後一ヶ月ほど経ってから。千代の呼吸状態が悪化したため緊急入院し、そのまま病室のベッドで過ごすことになったのだ。

その二週間後に現れたドナーとのマッチングテストで不適合。千代は落ち込んだものの、俺の前では気丈に振る舞っていた。

「大丈夫、二十四年間もこの心臓で頑張ってきたんだもの。あと少しぐらい待てるわよ」

点滴やリザーバーマスクに心電計。機械とコードに囲まれたベッドで微笑《ほほえ》む姿は痛々しく、見ているだけで胸が締め付けられる。

「大丈夫だ、きっと適合者は現れる」

そう手を握って微笑むものの、俺の笑顔はきっとぎこちなかったことだろう。

次にドナーが現れたのはさらに一ヶ月後。ありがたいことに、今度のマッチングテストでは適合し、無事に移植手術へと進むことができた。

執刀医はもちろんドクター・スピロ。俺も第一助手として補助についた。

『神の手』の名に偽《いつわ》りはなく、五時間に及ぶ手術は無事成功。二週間の入院期間を経て、無事に退院の運びとなったのだった。


ここに至るまでは、すべてが順調だったというわけでもない。

日本を出発する前、俺たちの渡米の噂《うわさ》を聞きつけた千代の義母が、俺に苦情を申し立ててきた。というか、夫の海宝千晃《ちあき》に『どうなっているのだ』と詰め寄ったらしく、困った彼が俺に泣きついてきたのだ。

『妻が激怒している。納得いくよう説明してやってもらえないだろうか』

そう電話がかかって来たときには久しぶりに全身の血液が逆流した。

――妻の機嫌くらい、自分でどうにかしてくれよ！　こっちは渡米の準備でそれどころじゃないんだ！

それでも一応俺にとっては義理の父親だ。あとでゴタゴタするのも嫌だったから、仕事帰りに俺一人で海宝家に向かった。千代には『海宝のお義父《とう》さんと今後の話をしてくる』とだけ伝えておいた。

千代に隠し事をしないと決めているが、今回のはただの雑音だ。こんな馬鹿《ばか》らしいことを千代の耳に入れるつもりはない。

海宝家のリビングには海宝夫妻だけでなく二千夏《にちか》さんまで揃《そろ》って待ち構えていた。この母娘はニコイチなのかと心の中で毒づきつつ、俺は「お久しぶりです」と向かいのソファーに座る。真っ先に義母が口を開いた。

「士貴《しき》さん、あなたアメリカで千代に手術をさせるそうじゃない。どういうつもり？」

「どういうつもりも何も、今あなたがおっしゃったそのままです。千代さんに心臓移植の手術を受けさせます」

彼女のこめかみに青筋が立つのが見えた。

「そんな危険な真似《まね》をして、あの子に何かあったらあなたは責任を取れるんですか⁉」

「はい」

俺が即答してみせると、彼女は一瞬たじろいだ。しかしすぐにフンと鼻を鳴らして「いい加減なことを」と嘲《あざけ》った。

「俺はそのために生きてきました。彼女が死んだら俺もあとを追うつもりです」

「おっ、おい、士貴くん！」

「もちろんそうならないよう全力を尽くします。しかし……」

顔を見合わせる海宝家の面々を前に、俺はつらつらと言葉を続ける。

「俺は千代に心臓移植を受けさせるため、何年もかけて準備をしてきました。執刀医になってくれるドクター・スピロは心臓移植手術の第一人者です。彼なら絶対に救ってくれます。俺も手術には立ち合います。できることをやり尽くして、それでも上手くいかなかった場合は……俺のこの先の人生を、丸ごと彼女に捧げるつもりです」

それだけの覚悟で臨んでいるのだと訴えると、さすがの義母も黙り込んだ。

「なんなのよ、あの子に……千代なんかに、どうして士貴さんがそこまでしなきゃいけないの⁉」

ここに来てはじめて二千夏さんが口を開く。

「だからですよ」

「えっ？」

「俺は千代からあなたの悪口を聞いたことなんて一度もない。あなたに限らずここにいる誰のこともだ。『あの子なんか』とか『ズルい』とか、誰かのせいには絶対しない。自分の感情を押し殺して耐えることができる、その強くて美しい心に俺は惹《ひ》かれたんだ」

「そうだよ、もう母さんもいい加減にしろよ」

横から千寿《せんじゅ》も加勢した。

「千代はもうこの家を出た人間なんだ。夫婦で決めたことに俺たちが口を挟むべきじゃない。母さんだってわかるだろう？」

「だけど、うちの二千夏を差し置いて……」

「……すまん、苑子《そのこ》」

――えっ？

ずっと口をつぐんでいた海宝千晃の発言に、その場の皆が目を見張る。

「俺のおかした過《あやま》ちで、おまえも子供たちも傷つけた。本当に悪かった」

「な、何を今さら……」

「おまえが腹を立てるのはわかる。けれど千代だって、一応は俺の血を引いているんだ。手術を受けさせてやりたい」

彼は俺に向き直ると、「どうか千代をよろしくお願いします」と頭を下げた。

その場がしんと静まりかえり、広いリビングが沈黙に包まれる。

もうこれ以上は話すこともないだろう。俺は「千代さんのことはお任せください。では」とだけ告げて席を立った。

自分の車に乗り込むと、運転席の窓を開ける。見送りについてきた千寿を見上げた。

「お義父さんがあんなことを言うとは驚いたな」

「最後の最後に勇気を出したな。まあ、あれがあの人の精一杯だ。許してやってくれ」

千寿が窓の外で苦笑する。

妻に頭を下げてはいたものの、あんなの自分勝手なオナニーだ。俺には娘想いの自分に酔っているだけにしか見えなかった。

『過ち』だとか『一応』だとか、あの場に千代がいなくて本当によかったと思う。

そんなゴタゴタがありつつも、海宝氏は約束どおり多額な費用を負担してくれた。その点に関しては本当に感謝している。


手術後の千代は拒絶反応を防ぐための免疫抑制剤や血圧を安定させる薬を内服しつつ、徐々に普通の生活を送れるようになっていった。手足がむくんだり疲れやすかったり風邪をひきやすいということはあったものの、軽度の拒絶反応で済んだのは本当にラッキーだったと思う。

手術後の初セックスは一年ちょっと経ってから。久しぶりの行為は気持ちよかったが、どちらかといえば恐怖のほうが大きかったように思う。

それまでも軽く身体に触れてはいたけれど、強い刺激を与える行為は極力避《さ》けるよう注意していた。無茶をして振り出しに戻るようなことはしたくない。ゆっくり慎重に心臓と身体を馴染《なじ》ませていかなくては。

激しいセックスをしたのは、それからさらに二ヶ月経ってから。最奥を思い切り貫いた瞬間、それまで感じたことのない衝撃が腰を伝い、恥ずかしながらあっという間に達してしまった。

二人で快感の高みまで昇りつめたあと、荒い息を吐《は》きながら強く抱き締め合った。

「どう？　苦しくない？」

「大丈夫。それよりも……嬉《うれ》しくて胸がいっぱいで」

涙ぐむ千代の目尻に口づける。身体の繋がりだけが男女のすべてではないけれど、それでも固く結ばれた充足感は半端ない。愛おしさがさらに増す。

「千代、大事にする。今まで以上に……もっともっと、大事にするから」

改めてそう誓った。

千代の妊娠が判明したのはそれからさらに一年後。心臓移植をしてから二年二ヶ月が経った頃だ。

二人の子供ができたのは喜ばしいことだ。しかし夫としても医師としても心から歓迎することはできなかった。

心臓移植をしている千代は、ただでさえ身体が弱っている。服用している免疫抑制剤や降圧薬が胎児にどんな影響を及ぼすかわからないし、何より妊娠出産が母体に与えるダメージは計り知れない。

「俺は千代を失いたくない。せっかく助かったのに君を失うようなことになったら、俺は耐えられない」

「私は士貴さんの赤ちゃんを産みたい。せっかく助かったからこそ、授かった命を大切にしたい」

俺たちは結婚したときに決めたように、二人でじっくり話し合った。ときには千代が涙ぐむことがあったし、俺が感情的になってしまうこともあった。

けれど最後は「誰かの命のおかげで私は救われたんだもの。赤ちゃんを産んで死ぬとしても、それが命のリレーなんだって受け入れられる」という千代の言葉で決まりだった。

俺たちは出産を選択した。


出産方法は硬膜外麻酔を用いた無痛分娩《エピデュラル》。下半身麻酔でお産の痛みを和らげる。ストレスによる過呼吸や血圧上昇を抑えつつ、出産の実感も得ることができるのがメリットだ。血液の凝固を抑える薬を服用しているため、帝王切開は第一選択からはずした。

九月中旬、陣痛が起こってすぐに千代とタクシーで病院に向かう。普通は陣痛間隔が七分になるまで家で待機するものなのだが、千代の場合は不測の事態に備えてすぐに入院することになっている。病院に着いたのは夜の九時を過ぎていた。

「ねえ、士貴さん」

特別室のベッドで輸液バッグを眺《なが》めつつ、千代が俺の名を呼んだ。

「ん、どうした？」

「もしも……もしもね、私か赤ちゃんどちらかの命を選ばなくちゃいけないとしたら、赤ちゃんを救ってくれる？」

「千代！」

そんなことはあり得ない。たしかに子供の命は大事だが、どちらか一方というのであれば、俺は千代を救うほうを選ぶだろう。赤ちゃんが助かったとしても、そこに千代がいなければ意味がない。

「俺は……」

「お願いね」

まっすぐ俺を見つめる彼女の瞳は澄んでいて、そこには一片《いっぺん》の迷いもない。キリストを産むときの聖母マリアもこんな表情をしていたのかもしれない。

命をかけても子供を産みたいという母親の覚悟を否定することなどできなくて……。

「……わかった」

――けれど、千代、やはり俺は、君の命が大事なんだ。

夫婦で隠し事をせずなんでも言葉にするという約束を、このとき俺は破ることにした。

問題が起こったのは分娩第二期に入ってから。子宮口が全開大になり、ゆっくり出てくるはずの赤ちゃんが下りてこない。助産師にお腹を押さえられていきんだところ、千代の血圧が急上昇した。

『ドクター・アマカタ、吸引分娩に切り替えてもいいですね？』

『はい、お願いします！』

ドクターが吸引カップを赤ちゃんの頭に吸着させる。

千代が荒い呼吸をしながら俺の手を握る。目が合うと朦朧としながらも唇を動かした。

「約束……お願い……」

彼女の望みはわかっている。けれど、もしもの場合は……。

そのとき心電計の警告音が鳴り響いた。見ると脈拍数が百六十まで急上昇している。

——ＰＳＶＴ《発作性上室頻拍》か！

普通であればすぐに命に関わるような不整脈ではないが、血液の流れが悪くなれば赤ん坊に影響が出る恐れがある。

「千代、息を止めて力を入れろ！」

頻拍を止めるべく声をかけるも千代は目を閉じて喘《あえ》ぐだけだ。

『ドクター、血圧が低下しました！』

『点滴を全開にしろ！』

千代が失神し、一気に周囲が騒がしくなる。俺は千代の頸動脈を圧迫して脈を抑えるよう試みた。

——くそっ！　やはり出産は無理だったのか！

そのとき千代の股のあいだから青黒い頭が見えてきた。

『肩が引っかかっているな』

『回旋させてみましょう』

その瞬間、俺の中で『赤ちゃん』が急にリアルな存在となり、俺たち二人の大切な命の結晶として眼前に迫ってきた。

『お願いします！　子供を助けてください！　俺たちの子供を……お願いします！』

ドクターに懇願すると、今度は千代に向かって大声で叫《さけ》ぶ。

「千代！　頑張れ！　聞こえるか！　俺たちの子供も頑張ってるんだ。千代、戻ってこい！」

頸動脈圧迫が功を奏したのか、脈拍数が正常になっている。それに伴い血圧も上がってきた。

俺は千代の手を握って彼女の名前を呼び続ける。

千代がゆっくりと目を開ける。俺と視線が合うと、無言で何度かうなずいた。

『よし、肩が出た！』

赤ちゃんがずるりと取り出される。吸引された直後、部屋中に「オギャー」と元気な鳴き声が響いた。

『奥さんにレントゲンと胸部ＣＴのオーダーを。それと血ガスの準備』

ドクターがナースに指示を出している隣で、助産師が赤ちゃんをタオルで包んで俺に手渡してくれる。

『おめでとうございます。可愛い女の子ですよ』

小さなそれを抱き上げる。軽くて弱々しい存在は、千代が命をかけて産んだ俺たちの子だ。胸いっぱいに感動が広がった。気づけば俺の頬を、涙の雫《しずく》が伝っていた。

「士貴さん、聞こえていたよ」

ベッドから千代が見上げている。

「聞こえた？」

「意識が遠くなったとき、士貴さんの声だけハッキリ聞こえたの」

目の前が真っ暗になって、闇に吸い込まれそうになったその瞬間、俺の呼ぶ声が聞こえたのだそうだ。

「士貴さんのところに戻らなきゃって思ったら、急に誰かに手を掴まれたの。綺麗《きれい》で大きくて温かい手。それで、ああ、士貴さんだ……って気づいて」

この手を離さない限り、絶対にこの世に繋がっていられる……そう思って必死で握りしめていたら、目が覚めたのだと言う。

「士貴さん……赤ちゃん、見せて」

「抱けそうか？」

「落としちゃうと怖いから……士貴さんも一緒に、いい？」

「もちろん」

腰をかがめて赤ちゃんを千代の前に運ぶ。

彼女は俺の腕ごと小さな命を抱き締めて、「千愛《ちあ》ちゃん、はじめまして。生まれてくれて、ありがとう」と弱々しい声で話しかけた。

『千愛』という名は千寿が名づけた。読んで字のごとく、千の愛という意味を持つのだという。幼い頃から愛することも愛されることも諦《あきら》めてきた千代に、これからは千愛がたくさんの愛と幸福を運んでくれるに違いない。

「俺も……」

「えっ？」

「俺も千代に、幾千、幾万の愛を与え続けるよ」

千代が首を傾《かし》げて微笑《ほほえ》んで、腕の中の千愛に「ふふっ」と笑いかける。

そこには人形みたいに無機質だったあの頃の少女はもういない。これからは俺の隣で笑顔に包まれて、千愛と三人、愛に溢れた家庭を築いていくのだ。

窓の外から朝日が昇る。オレンジ色の光が千代を包むと、彼女の横顔が聖母に見えた。

Ｆｉｎ

【番外編：親愛なる妹へ Side千寿】

お盆休み終盤の成田《なりた》空港は、今から海外に向かう旅行客と帰国ラッシュの狭間《はざま》でごった返していた。

手荷物検査の列を前にして、千代《ちよ》が「あっ、千愛《ちあ》がオムツを汚《よご》しちゃったみたい」と立ち止まる。

「飛行機に乗る前に替えたほうがいいだろう。荷物を見ていてやるから行ってこいよ」

「うん、千寿《せんじゅ》さん、ありがとう」

マザーバッグと娘を抱えてトイレに向かう後ろ姿を眺《なが》めつつ、俺と士貴《しき》はチラリと視線を交わして微笑《ほほえ》んだ。

「千代もすっかり母親ぶりが板についてきたな」

「もう半年になるからな。夜泣きがあって大変だが、交代であやしてどうにか乗り切ってるよ」

大変だと言う割には心底嬉《うれ》しそうに目を細め、千代の姿を目で追っている。

「機内では千代の様子に気をつけてやってくれ。アイツはすぐに我慢してしまうから。それと、向こうに着いたらすぐに連絡を……」

「ああ、わかっている。俺が千代と千愛を守るよ」

――そうだった……。

「悪い、出しゃばったことを言った。あの二人はおまえの家族なのに」

俺が言うまでもなく、今の千代の体調なんて士貴のほうが把握しているのだ。余計なことを言ったと反省すると、士貴が不思議そうな顔をする。

「何言ってるんだ、千寿だって俺たちの家族だろう？　千代の兄さんで俺の義兄《あに》で千愛の伯父だ。心配してくれてありがたいよ」

――まったくコイツは……。

「本当に敵《かな》わないな」

「えっ、なんだって？」

「いや……千代はいい男を選んだなと思ってさ。おまえが千代と結婚してくれて本当によかったよ」

「すべては千寿、おまえのおかげだ」

士貴は身体ごと俺に向き直り、「千寿、本当にありがとう。おまえの協力がなければ今の俺たちはなかった」と腰を折って深々と頭を下げた。

「おいおい、やめてくれよ。礼を言うなら俺のほうだ」

千代をあの鳥籠から解き放ったのも命を救ったのも士貴だった。コイツが動いてくれなければ、今の千代はなかっただろう。いや、とっくに生きていられなかったかもしれないのだ。

「俺なんて無力だよ。千代を可哀想だと思いつつ、あの家で何もしてやれなかったんだからさ」

——そう、俺は最初から最後まで、ただの傍観者だったんだ……。

＊　＊　＊

——座敷わらしみたいで可愛いな。

それが、当時中学校を卒業したばかりの俺から見た、千代の第一印象。

まっすぐな黒髪に透き通るような白い肌。つぶらな瞳と紅《べに》を塗ったように赤い唇が印象的な美少女だ。

——けれど、生気がないというか活気がないというか。

五つ年下の妹がいる俺からすれば、小学校低学年のガキなんて、馬鹿《ばか》みたいにはしゃいでいるか、わがままを言って泣き喚《わめ》いている印象しかない。

けれど目の前にいる少女はやけに大人しくて落ち着いていて。俺は和室の床の間《とこのま》に飾られている、ガラスケースの中の日本人形を思い浮かべた。

そして最初に抱いた印象そのままに、実際の千代もとても静かで儚《はかな》く繊細だった。彼女は『拡張型心筋症』という持病を抱えていた。

それでもその頃はまだ自覚症状がなく、子供らしい表情も見せていたのだが……。

千代は父がアメリカで付き合っていた女性とのあいだにできた子供だ。しかもその愛人が亡くなるまで、父は子供の存在を知らされていなかった。

千代を引き取ると聞かされた母の怒りは凄《すさ》まじく、毎晩のように家中に金切り声が響いていたのを覚えている。

それを嫌った父が何かと理由をつけては家に帰ってこないものだから、余計に母の怒りがエスカレートする悪循環で。それを見ていた年頃の二千夏《にちか》が父を軽蔑《けいべつ》し、急に現れた異母妹を毛嫌いするのも仕方がないことだったろう。

俺だって連日の夫婦喧嘩《げんか》にうんざりしていたし、これで隠し子が家に来たらどうなることか戦々恐々としていたのだ。ただ感情が『嫌う』という方向に行かずに『同情』になっただけのことで。

男と女ではこういう場合の受け止め方が違うのかもしれない。千代にどう接すればいいのかを第一に心配した俺とは違い、母と二千夏は辛辣《しんらつ》だった。

「私はあなたの母親じゃありませんからね」

「私のことも馴《な》れ馴れしくお姉ちゃんなんて呼ばないで！　どうして愛人の子と一緒に住まなきゃいけないのよ！」

二人が千代をおぞましいものを見るかのように扱う姿を見て、俺はどうにか助けてあげなければと考えた。

肝心の父親は逃げてばかりで話にならない。あっちにもこっちにもいい顔をするが、手を差し伸べる割には最後まで責任を取らない。中途半端な偽善者、それが俺の父だった。

彼女をフォローできるのは俺くらいなものだ。

母は千代の食事を作ることを拒否し、一緒に食卓を囲むことさえ嫌がった。ここまで来るともうイジメだ。困り果てた父が千代専用の家政婦を雇ったので、俺は父に頼んで俺も千代と一緒に家政婦の料理を食べさせてもらうことにした。

そう、最初はただの同情だったのだ。

「俺のことは、お兄ちゃんと呼べばいいんだよ」

向かい合って食事をしながらそう言うと、千代は「お兄ちゃん？」と目を輝かせる。一人っ子だった彼女は兄弟姉妹への憧れがあったのだろう。

「うん、そう。俺が千代のお兄ちゃんで、千代は俺の妹だ」

「千寿……お兄ちゃん」

はにかむように微笑《ほほえ》んだ、あのときの愛らしい表情をはっきりと覚えている。そして俺の胸に湧いた、くすぐったいような感情も。

しかしそんなやり取りもすぐにぶち壊された。

ある日、千代が俺を「お兄ちゃん」と呼ぶところを目撃した母が、血相を変えて怒り出したのだ。

「お兄ちゃんだなんて、とんでもない！」、「母親に似て図々しい！」

まだ七歳の少女に放っていい言葉じゃない。俺は思わず席を立つと、母に向かって大声を出していた。

「母さん、いい加減にしろよ！　どうしてそんな意地悪を言うんだ！」

「千寿、あなたは母親よりも他人の子を庇《かば》うつもり!?」

「千代は他人じゃないだろう！」

「……だからこんな子を引き取りたくなかったのよ！」

母が捨て台詞を吐いて去っていき、ダイニングには身を縮めて項垂《うなだ》れる千代と家政婦、そして興奮冷めやらず唇を震わせている俺の三人が残された。

売り言葉に買い言葉で口論がエスカレートしてしまった。千代にあんなひどい言葉を聞かせるつもりはなかったのに……。

「千代、怖かっただろう。ごめんな。気にしなくていいんだからな」

俺が再び席について取り繕った笑顔を浮かべると、千代は泣きそうな顔で「ごめんなさい」と呟《つぶや》いた。

「ごめんなさい……千寿さん」

千代はその日から、俺を『お兄ちゃん』と呼ぶのをやめた。


千代のはじめての入院は、我が家に来てから二ヶ月後のことだった。学校の休み時間にクラスメイトと遊んでいて呼吸困難になったのだ。学校に『拡張型心筋症』の診断書は提出されていたはずなのだが、本人が平気そうにしていたことと親からの念押しもなかったことから放置されていたらしい。

家政婦に我が家行きつけのクリニックに連れて行かれ、そのまま総合病院に一週間ほど入院していた。退院後も落ち着くまで自宅安静となり、それをきっかけに頻繁に入退院を繰り返すようになる。

まさしく『ガラスケースの中の人形』のごとく、狭い部屋の中で息を潜《ひそ》めるようにして暮らすことになったのだ。

ある日、俺が高校から帰ると居間で二千夏が母親に愚痴《ぐち》っているのが聞こえてきた。

「どうして天方《あまかた》先生だけじゃなく士貴さんまであの部屋に行っちゃうの⁉」、「あの子ばかり特別扱いでズルい！」

どうやら天方先生が千代の往診に来ており、士貴も同行しているらしい。士貴と俺とは学校の幼稚舎からの親友で、家族ぐるみで親しくしている仲だ。彼の父親の天方先生には小さい頃から予防接種や健康診断でお世話になっている。

――そうか、士貴が来ているのか。

いそいそとリビングを立ち去ろうとした俺の背中に、「士貴さんにリビングに来るように言っておいてよ！」と二千夏の声が飛んでくる。

二千夏も母も、礼儀正しくて家柄もいい士貴のことがお気に入りだ。と同時に、士貴が押しの強い二人のことを若干《じゃっかん》苦手に感じているということも、俺は知っている。

「まあ、声だけかけておくよ」

角《かど》が立たないよう返事だけして、俺は足早に千代の部屋へと向かったのだった。

廊下の途中で向こうから天方先生が歩いてくるのが見えた。

「先生、こんにちは。士貴はどこですか？」

「ああ、アイツは千代ちゃんの部屋で話し相手をさせてるよ。今頃は絵本でも読んでるんじゃないかな」

――絵本⁉　あの寡黙《かもく》で無愛想《ぶあいそう》な士貴が？

俺はワクワクしながら、けれど忍び足で千代の部屋の前に立つ。ドアに耳をつけて中の様子をうかがうと、士貴の声が洩れ聞こえてきた。

「――シンデレラは王子様と結婚し、お城で仲良く暮らしました。めでたし、めでたし」

――アイツ、本当に絵本を読んでるのかよ！

俺は笑いを押し殺しながらドアを開ける。

「よっ、士貴。さっき天方先生に会って、おまえがここにいるって聞いたんだ」

俺を見た途端、士貴があからさまにほっとした。まるで救世主のごとく見上げられ、俺は苦笑しながらアイツの隣に椅子《いす》を運ぶ。やはり士貴一人で少女の相手はハードルが高かったらしい。

俺は士貴の手から絵本を奪い、開かれたままのページに視線を落とす。

「どれどれ、『シンデレラ』か。たぶん士貴より俺のほうが上手いな。千代、お兄ちゃんが読んでやる」

「いや、俺のほうが上手かった」

隣から士貴が絵本を奪い返す。コイツにしては珍しく挑戦的だ。

「いや、士貴は『ビビデバビデブー！』とか軽やかに言えないだろ」

「言えるって！」

「だったら読み比べしようぜ。一ページずつ交代な」

「望むところだ」

お互い大袈裟《おおげさ》なくらい感情を込めて読み上げる。俺が裏声を駆使した継母《ままはは》パートは、我ながらかなり上手かったと思う。途中から面白くなってきて、二人でときどき吹き出しながら最後まで読み終えた。顔を見合わせて大笑いすると、千代も釣《つ》られて笑い出す。それがなんだかとても嬉しくて、「ああ、この笑顔を守ってあげたいな」……なんて思ったものだ。

そしてその日を境に、士貴はたびたび千代の元を訪れるようになる。

最初のうちは俺の部屋に寄ってから二人で一緒に千代の部屋に行っていた。しかしいつの間にか一人で直接彼女の部屋に行くようになり、しまいには家庭教師までするようになっていた。どうやら天方先生と父とのあいだでそういう話になったらしい。

アイツは家政婦に顔パスで勝手口から家に入り、まっすぐ千代の部屋に行く。

——なんだよ、小さい子の相手は苦手なんじゃなかったのかよ。

俺だけ蚊帳《かや》の外なのがなんとなく気に入らなくて、家庭教師の時間になるとたびたび乱入しては、一緒に先生役を買って出た。赤ペンでドリルの丸つけをしながら、士貴の横顔を盗み見る。

——コイツは俺が一緒で邪魔じゃないのかな。

視線に気づいた士貴が俺を見てニコリと笑う。いつもどおりなのが羨《うらや》ましいような憎らしいような。

自分でもよくわからない感情を抱きつつも、俺はこうして三人で過ごす時間が嫌いじゃなかった。


「――士貴さん、算数のテストで百点をもらえたの」

ある日のこと、いつものように士貴が来るタイミングで千代の部屋に押しかけたら、ちょうど千代が百点満点のテストを自慢げに掲げているところだった。

「そうか、頑張ったね。これはご褒美《ほうび》だよ」

士貴がポケットから飴玉を取り出して千代の手に握らせる。そしてもう一方の手で彼女の頭を撫《な》でた。途端に千代の頬が薔薇《ばら》色に染まって……。

――あっ、落ちた。

瞬間的にそう思った。

――マジか……。

まあ、士貴は昔からモテまくっているから、当然といえば当然だ。こんなイケメンに優しくされたら、八歳児のいたいけなハートなんて、あっという間に鷲掴みだろう。

けれど俺が知っている千代はガラスケースの中の人形で。誰かを好きになるとか夢中になるとか、そういう感情が彼女にあるということをすっかり失念していた俺は、一人で勝手に衝撃を受けていた。

それと同時に、千代が俺以外の男に懐いていることも面白くない。

――なんだよ士貴、おまえ飴玉とか、変な小技を仕込んでんじゃねぇよ。そんなので千代の機嫌を取るとかズルいだろ。

妹を奪われたような気がして嫉妬したのだろうか。自分でもよくわからないがイライラする。ただ一つハッキリしているのは、残念ながら千代の初恋の相手が俺ではなくて、士貴だったたっていうことだ。


千代が俺たちに懐いてくるのと比例するように、母と二千夏の鬱憤《うっぷん》も溜まっていった。

あれは千代が小学校三年生になった頃。彼女が風邪をこじらせて呼吸困難になり、一週間ほど入院することになった、その初日のことだ。

その晩、仕事から帰った父が珍しく書斎に篭もらずリビングに顔を出した。

「苑子《そのこ》、話があるんだが……」

父はソファーに座ると俺と二千夏に自分の部屋に行くよう告げた。

二千夏は素直に二階に上がって行ったが、俺はそのまま廊下で二人の話に聞き耳を立てる。

「病院で主治医と話をしてきたんだが、やはり千代の病気を治すには心臓移植しかないそうだ」

今はどうにか落ち着いているが、不整脈が起これば突然心臓が止まってしまうこともある。心臓移植を希望するのであれば早いほうがいい。日本では子供のドナーが少ないため、心臓の提供を待っていたらいつになるかわからない。渡米するほうが確実だ……と説明を受けたのだと語った。

「それで、俺が千代を連れてアメリカの病院に行こうかと思うんだが……」

——アメリカの病院⁉

俺の驚きも冷めやらぬ間に、「私は反対ですよ！」と母の声が聞こえてきた。

「そんな危険性の高い手術、させないほうがいいに決まってるじゃないですか。せっかく薬で落ち着いているのに、手術を失敗して死なせるつもりですか？」

「だから、カリフォルニアの有名な病院に……」

「あなたは千代に付き添ってまたアメリカに行きたいだけなんじゃないですか？　あちらに新しい恋人でもいらっしゃるのかしら」

「そんなことはない！　俺はただ、千代を……」

それきり父は黙り込み、母が「とにかく私は反対ですから」と告げて会話は打ち切られた。

リビングから出てきた母が、廊下に立ち尽くしている俺に気づいて息を呑《の》む。けれどすぐにツンと表情を整えて自室へと歩き出す。

「母さん、千代に手術を受けさせてやってくれよ！」

母は一旦足を止めて振り返る。

「千寿、あなたも千代に構ってばかりいないで自分の勉強をしっかりなさい」

そう告げて、廊下をスタスタと歩いていった。

「……最低だ」

妻の機嫌をうかがって簡単に引き下がる父さんも情けないが、人の命より自分の感情を優先させる母さんも最低だ。危険性がどうとか綺麗事《きれいごと》を並べていたが、あんなの千代を見殺しにしろと言っているのも同然じゃないか。

あんな両親の息子に生まれたことが恥ずかしい。そして何もできない自分も恥ずかしい。

——俺がもっと大人だったら……千代を救える力があれば……。

そのとき俺は、父親の会社を継ごうと決めた。今までだって、いずれは父親の跡を継ぐのだろうとぼんやり考えてはいた。けれどそうじゃない。俺が『絶対に継いで』、『会社のトップに立つ』のだ。

よその会社に入るよりも手っ取り早く上に行けるし、金も権力も持つことができる。

——あのクズの父親を蹴落《けお》として、一日も早くトップに上り詰めてやる。そして俺が、千代をアメリカに連れて行く。

高校二年生の春。無力な俺が必死で導いた結論が、それだった。

その後、俺と士貴は同じ大学に進学したものの、医学部の士貴は勉強や実習が忙しく、一緒に遊ぶ機会は極端に減ってしまった。

それでもほんのときたま家に来ると、俺の部屋にちょっと寄っただけで「千代ちゃんの様子を見に行ってくる」と腰を上げる。そう言われると俺も一緒について行くわけだが、士貴に向ける千代の好意は、はたから見ていてとてもわかりやすかった。

士貴の姿を見ると、千代の瞳に光が宿る。絵本の中の王子様を見るかのように、瞳をキラキラ輝かせて満面の笑みを浮かべるのだ。

——ああ、敵《かな》わないな。

所詮俺は優しいお兄ちゃん。どう転んだって千代の王子様になることはできない。

「俺、ジュースを取ってくるよ」

仲良く微笑む二人を前に、俺は胸がチリッと焼けるような感覚と居心地の悪さを感じ、そそくさと一階のキッチンに向かうのだった。

その頃になってくると、俺の中で、『もしかしたら士貴も千代のことを好きなんじゃゃ……』という考えがチラつき始めていた。しかしまだ半信半疑だ。

アイツとは付き合いが長いのに、なぜかその手の話題が出たことがなかった。元々アイツは無愛想なうえに、あまり多くを語りたがらない。一人っ子だからなのか、生まれ持った資質なのかは知らないが、自分一人で考え行動に移す、自己完結型の人間なのだ。

士貴は昔からモテてはいたが、ストーカーまがいの被害にも遭《あ》っていたせいか女子にはめっぽう塩対応でそっけない。話下手で群れるのを嫌うため、俺と二人でいることが多かった。当然女の影がチラついたこともない。

そんな士貴が、千代にだけは自分から近づいていく。周囲の女どもから『美声だ』とうっとりされているあの低めの声で、一生懸命言葉を選んで話しかける。とことん甘く優しいその態度は、まるで恋人に向けているかのようで。

千代が病人だから。不幸な境遇だから。八つも年下の子供だから。父親に頼まれているから。俺の妹だから。医師を目指しているから。

理由を挙げればいくつもあるが、そのぜんぶが当たっているようで、また、そのどれもが違っているような気もする。

兄弟みたいに育ってきた俺たちだ。確かめるチャンスならいくらでもあったのに、俺はそうしなかった。いや、答えを出すのを避《さ》けていた。

――いやいや、さすがにないだろ。千代は八つも年下だし、俺の妹なんだし。

『そうじゃない』理由をひねくり出して、頭に浮かんだ考えを封印した。

予感が確信に変わったのは、俺が『ＫＡＩＨＯコーポレーション』本社に就職して二年近く経った頃。士貴が医学部を卒業した年のことだ。

アイツが俺の部屋に来て、「医師国家試験に合格した。アメリカに行く」と、なんでもないことのように報告してくる。

「えっ、アメリカ？　国家試験って日本のだよな？　あっ、もしかしたら卒業旅行か？」

意味がわからず質問攻めにする俺に、士貴は「今回取得したのは日本の医師免許だが、アメリカの資格も取るつもりだ」と告げる。

そのため夏休みのあいだにアメリカの国家試験を受けており、すでに筆記試験をパスしていると聞いて仰天《ぎょうてん》した。あんなに忙しそうにしていたというのに、どこにそんな時間があったのか。天才だとは思っていたが、やることが規格外すぎる。

「四月末に渡米する。向こうで実技試験に合格したら、カリフォルニアの病院で働くことになっている」

「どうしてアメリカなんだよ。日本で医者になるんじゃ駄目なのか？」

「駄目なんだ」

アイツはハッキリ言い切ると、「千代ちゃんの顔を見てから帰るよ」と立ち上がる。

「せっかくだからゆっくりしていけよ。まだ話を聞きたいし」

もう少し詳しく聞きたかった俺は、士貴を先に行かせて一階にコーヒーを淹れに行った。そこで二千夏に「士貴さんを呼んできてよ！　お茶の用意をしておくから」と急《せ》かされて、すぐさま二階に舞い戻る。

千代の部屋はドアが少し開いていたが、人の話し声が聞こえてこない。なんとなく忍び足で廊下を進み、ドアの隙間からそっと中を覗いてみた。

どうやら千代は寝ているらしい。士貴がベッドサイドに立ったまま、じっと寝顔を眺めている。

俺が声をかけようと思った次の瞬間、士貴が身をかがめ……千代の額にキスをした。

——えっ、マジか！

そのときの俺の心境は、今でも一言では表現しづらい。ガーンと脳天を叩《たた》かれたような、心臓に楔《くさび》を打たれたような。驚き、ショック、いろんな感情が渦巻《うずま》いていたけれど、最後はなんとなく納得していた気がする。

——そうか、やはり士貴は千代のことを……。

バクバクと脈打つ心臓をなだめ、それから一分ほど待ってからドアをノックした。部屋の中に入ると士貴の隣に立つ。

「千代ちゃんは寝てしまっていたよ」

「そうみたいだな。薬のせいで眠くなるらしいから。二千夏が下で待って……」

「千寿、俺は心臓外科医になる」

——えっ⁉

「下では話せないから、ここで言わせてくれ」

邪魔をされたくないから海宝《かいほう》家の皆にはまだ内緒で……と前置きしたうえで、士貴は自分の計画を語って聞かせる。

父親のクリニックは継がない。親にもすでに了解を得ている。この家にいては、千代はいつまで経っても手術を受けることができないだろう。結婚して自分が配偶者となり、手術同意書にサインをする。そしてアメリカの病院に連れて行く……。

「アメリカではドナーが見つかるまでの期間が平均二～三ヶ月と言われている。しかし実際どれだけ待たされるのかはわからないし、手術できたとして、退院がいつになるかも予測不能だ」

だからそのあいだ現地の病院で働けるよう、今から下地づくりをしておくのだと士貴は言う。

——そうか、そういうことか。

マメに家まで通って来ていたのも、千代にだけ積極的に話しかけるのも、優しい笑顔を見せるのも。そして今回心臓外科医に方向転換するのもアメリカに行くと決めたのも……決してただの同情や、医師を目指すものとしての正義感なんかではなかった。

それらのすべてに『好きだから』の枕言葉を置けば、簡単に正解は導き出された。なんのことはない、アイツはただ単に千代が好きで、すべて千代のために行動していたのだ。

「士貴、おまえは千代のことを……」

「好きだ、ずっと前から」

――ああ……。

胸の奥がギュウッと締め付けられる。ゆっくりと息を吸ってから、俺は言葉を続けた。

「おまえ、千代への気持ちは同情じゃないのか？」

「そうなのかもしれない」

「おい、おまえ……っ！」

思わず拳《こぶし》を握りしめた俺に、士貴はあの鋭《するど》い視線をまっすぐに向けてきた。

「千寿、俺にとって、そんなのはどうでもいいことだ」

顔が綺麗だとか声が好みだとか、気が合うだとか。好きになる理由なんて人それぞれだ
……と士貴は言う。

「……最初は単純に可愛い子だと思った。そして彼女の境遇や病気のことを知って、どうにかしてあげたいと思った」

それから気がつけば千代のことばかり考えるようになって、会いたくて仕方がなくて。

「それが同情だと言われればそうなのかもしれないが……そういう感情もぜんぶ含めて

『俺の愛』なんだ」

士貴は臆面もなく言ってのける。

「俺にとってはきっかけとか好きになる理由なんてなんでもいい。そんなのただの後付けだ。俺はただ、千代ちゃんと一緒にいたい。彼女を傷つけるすべてのものから守りたい。その役目は俺じゃなきゃ嫌で……ただそれだけなんだ」

こんなのもう、お手上げじゃないか。こんな熱烈な言葉をストレートにぶつけられたら、男の俺でもうっかり惚《ほ》れてしまいそうだ。

——コイツの愛には誰も敵いやしない。

落ち込まなかったといえば嘘《うそ》になる。自分が大切に宝石箱の中にしまっていた宝物を、横から掻《か》っ攫《さら》われた気分だ。

けれど「よかった」と思う自分もいて。

俺の近くに置くということは、一生あの家の呪縛から逃れられないということだ。千代にとって辛《つら》い思い出しかないであろうあの屋敷と家族からは、とっとと離れてしまったほうがいい。飛び立ったその先にいるのが士貴であれば、俺だって安心できる。

「……わかった。俺もできる限り協力するよ。だが、おまえの帰国まで千代が待っているという保証はないぞ」

こんなことは言いたくないが、千代の心臓がいつまで保つのかわからない。最悪、二度と会えない可能性だってあるのだ。

「それでも行くのか？」

「ああ、見殺しになんてさせるものか。それに、おまえが彼女を守ってくれるんだろう？」

「そんなの……当然だ」

「これで安心できる。帰ったら彼女にプロポーズする。それまで千代ちゃんをよろしく頼む」

俺に向かって頭を下げた。

「バカヤロー！　おまえに言われなくても千代は俺が守る。おまえは向こうで金髪ギャルとイチャイチャしていろ！」

「しないよ。そんなこと、絶対にしない。彼女だけだ」

冗談も通じないとは、どこまでもクソ真面目《まじめ》なヤツだ。

――だが、そんなおまえだからこそ……。

成功するとは限らないのに、明るい未来を信じ、あえて困難な道を選ぼうとしている。そんな士貴を、俺は心からすごいと思った。

父親に反感を持ちながら、父の作った会社に頼ることでしか千代を守れない俺とは雲泥《うんでい》の差だ。最初から勝負にもなりやしない。

「わかったよ。おまえが帰ってくるまで千代と一緒に待っている。だから絶対に心臓外科医になれよ」

「ああ、約束する」

ぐっすりと眠る千代の前で、拳をコツンとぶつけ合う。こうして俺たちは男と男の約束を交わしたのだった。


そのあと一階のリビングで母と二千夏のお茶の相手をさせられて、翌日のお昼に士貴の合格祝いを催《もよお》すこととなった。

アイツが気乗りもしない食事会を受けたのは、千代に会いたかったからなのだろう。伝えそびれた渡米の話を直接するためなのに違いない。

翌日、出された料理をものすごいスピードで平らげた士貴は、お喋《しゃべ》りも早々に切り上げて席を立つ。

「士貴さん、待ってよ！」

「二千夏、うるさい女は嫌われるぞ。黙って食事をしろよ」

ギャーギャー騒ぐ二千夏を足止めして、士貴を二階の千代の部屋に向かわせた。これから七年間も会えなくなるんだ。せめて最後くらい二人きりの時間を作ってやりたい。

——士貴は告白するんだろうな。そしてきっと千代は……。

しかし、結局アイツはアメリカ行きを伝えただけで告白しなかったらしい。

「俺が本当に心臓外科医になるまでは、何も言う資格がないから」

確証もないのに手術のことを言いたくないとか、不安定な状態でプロポーズなんてできないとか。

なんだ、それ。真面目すぎるにもほどがある！

まあいい、言葉足らずな士貴の代わりに、俺が近くで千代を支え続けるさ。千代を守り抜き、無事に士貴へとバトンタッチするのが、千代の兄として、そして士貴の親友としての俺の使命なのだ。


そして約束の七年後、士貴は宣言どおり心臓外科の専門医として帰ってきた。ビバリーヒルズのロデオドライブで購入したという婚約指輪を携《たずさ》えて。

士貴と俺、そして父とはテレビ電話を通じて打ち合わせしてあったため、話はスムーズに運んだ。

「千代ちゃんが俺を拒んだとしても、海宝さんや千寿の勧めがあれば最後は断れないはずだ。彼女には酷《こく》だが強引に話を進めさせてもらう」

士貴はそんなことを言っていたが、俺からすれば、千代はきっと断らないだろうと思っていた。

たしかに海宝の家に気を遣うという面はあるだろう。しかしそれよりも、士貴にプロポーズされれば千代は喜ぶに決まっているのだ。俺の口からはそんなことを言ってやらないけれど。

予想どおり千代がうなずき結婚が決まった。問題は母と二千夏だが、あの二人が反対することは織り込み済みだ。千代も士貴も成人している大人だし、新居もとっくに準備してある。何を言われようが無視でいい。

そんなふうに思っていたら、想像以上の罵詈《ばり》雑言《ぞうごん》が飛び交った。おまけに俺と二千夏の口論を目の当たりにした千代が、呼吸困難を起こしてしまう。

俺はすぐさま千代を抱き上げて、二階の部屋に連れて行く。

——千代、怖い思いをさせてごめん。すぐに俺が助けてやるからな！

小さな口を開けさせて、舌下錠《ぜっかじょうな》を舐めさせる。チロリと動く舌が艶《なまめ》かしく、こんなときなのに妙に色気を感じた。

——妹相手に、馬鹿《ばか》か、俺は。

「千代、おまえは何も心配しなくていいんだ。俺と士貴で守ってやる。おまえは絶対にしあわせになるんだからな」

布団をポンと叩いて微笑みかけて、俺は話し合いの場に戻った。

その二日後、千代は士貴が運転する車で嫁いで行った。俺は玄関先に立って、遠ざかる黒いセダンに向けて、ひたすら手を振り続ける。

士貴の車のトランクには、桜色のスーツケースと一緒に新品のエスプレッソマシンが入っている。これは会社の専務室で使っているものと同じ型だ。

――士貴、千代は料理はできないけれど、コーヒーは上手に淹れられるんだ。たくさん褒《ほ》めてやってくれよ。

「……よかった。ちゃんと士貴の手にバトンタッチすることができた」

そのことへの安堵を覚えつつも、俺は大きな喪失感と寂しさを感じていた。

士貴が不在の七年間、千代をそばで支えてきたのは俺だと自負している。

特に千代を秘書に雇ってからの一年間は、彼女が社会に出ても困らないよう、懇切丁寧に仕込んだつもりだ。専務と秘書として同じ部屋で過ごした日々は、とても楽しく濃密だった。この時間は俺の心に一生残る思い出だ。

――いや、違う。

千代と出会ってからの十六年間すべてが、俺にとってはキラキラと輝く宝物なのだ。

――願わくば、君も同じように思ってくれていますように……。

二人を乗せた車がみるみる小さくなっていく。黒い門を出て右に曲がると、とうとう俺からは見えなくなった。

＊＊＊

――うん、本当によかった……。

あれから士貴と千代のあいだにもいろいろあったが、無事に心臓移植が成功した。それどころか今では三人家族になり、ロスで新しい暮らしを始めている。

今回は出産後初の里帰りで、天方のご両親に千愛を見せに来た。海宝の家には来ていない。父と俺がこっそり天方家に会いに行っただけだ。

二千夏は結婚して家を出ているが、まだ子供はできていない。父はぎこちない手つきで初孫を抱いて、柄《がら》にもなく涙ぐんでいた。


この上ないハッピーエンド。何も申し分ない。

けれど、千代を救うのが自分であったなら……などと考えてしまうのは、俺のエゴだろうか。

今度生まれ変わったら、俺も千代とは兄妹じゃなく、ただの男と女として出逢いたい。

そして正々堂々と士貴と勝負してみたい……だなんて。

――俺は士貴と勝負をして勝てるのか？　……いや、無理だろうな。

士貴の隣で苦笑する。

　コイツは千代のために自分の生き方を変えた男だ。士貴の熱意と行動力が、千代に生きる希望と未来を与えた。そんなヤツにはどう足掻《あが》いたって敵うわけがない。

「ふはっ、完敗だ」

「えっ、なんだって？」

　横から士貴が不審げに見つめてくる。俺は「なんでもない」と首を横に振ってみせた。

「血が繋がった家族がいるっていうのに、結局何から何まで士貴に任せてしまったな。だが、あんな情けない両親でも、俺にとっては実の親なんだ。今後も繋がりを断つことはできない」

「わかっている。おまえは精一杯のことをしてくれた。お義父さんだって手術の際は金銭面の援助をしてくれたし、彼なりに千代のことを想っているんだろう」

「近いうちに俺が会社のトップに立ってみせる。俺が会社を大きくして、その金でおまえたちのことを全力でバックアップしてやるよ」

「ありがとう。仕事でロスに来たときは絶対に寄ってくれ」

　遠くに千愛を抱えた千代の姿が見えた。

「……俺の大切な妹だ。絶対にしあわせにしてくれよ」

「ハハッ、おまえは本当に千代のことが好きだなぁ」

「ああ、大好きだ。千代が異母妹《いもうと》じゃなければ、女として好きになっていたかも……と思うくらいにはな」

「……ライバルにならなくてよかったよ」

千代の姿が徐々に近づいてきた。俺たちと目が合うと、花開くような笑顔を見せる。俺たちは千代に向かって顔の横で小さく手を振りながら、そのまま会話を続けた。

「士貴、油断してるんじゃないぞ。もしもおまえが千代を泣かせるようなことがあったら、俺がすぐに引き取りに行くからな。もちろん千愛も一緒だ」

「肝《きも》に銘じておくよ」


生まれてきた子供の名前は俺がつけた。テレビ電話で千代が妊娠報告をしてきたときに頼まれたのだ。

『そういうのは親か祖父母がするもんじゃないのか？』

そう固辞する俺に、千代が『私にとって一番の肉親は千寿さんだもの』と微笑みかけて。

『海宝の家でいつも庇《かば》ってくれてありがとう。私に進む道を示してくれてありがとう。お兄ちゃんが名前をつけてくれたら、生まれてくる赤ちゃんも、きっと優しい子になれると思う』

――ここでお兄ちゃん呼びかよ……。

小さなパソコン画面の中、千代の横顔を士貴が穏やかな瞳で見つめている。俺と目が合うと、アイツは黙ってうなずいて。そんなの引き受けないわけにはいかないだろう？

まだ結婚さえしていない若輩者の俺だけど、千代を士貴に託すときくらいに真剣に考え抜いて、生まれてくる子の名前を決めた。

『千愛《ちあ》』は読んでそのまま、『千の愛』の意味を持つ。

海宝の家で、決してしあわせとは言えない境遇だった千代のことを考えれば、俺たちと同じ『千』という字はつけないほうがよかったのかもしれない。

けれど俺はさんざん悩んだ挙げ句、最終的には『千』の字を使うことを選んだ。

この文字は俺と千代との血縁の証だ。そしてその血は千代の子供にも脈々と受け継がれていく。

俺は千代とはずっと一緒にいられないけれど、名前だけでも繋がっていたいから……だなんて、どう考えても俺のわがままだ。

それでもどうかわかってほしい。

俺は千代も士貴も大好きで、その子供にもしあわせになってほしいのだ。

生まれてくる子には、俺が千の、いや、万でも億でもいくらでも、存分に愛情を注いでやろう。そして今度はその子から、母親となった千代に溢れるほどの愛を与えてやってほしい……そう願いを込めて付けた名だ。

だって千愛、君のお母さんは、幼い頃から苦労して、何度も命の危機を乗り越えて、ようやく君を授かったんだ。

「——お待たせ、もう時間ギリギリになっちゃったね」

戻ってきた千代に、俺は両手を差し出した。

「ほら、最後に可愛い姪っ子を抱かせてくれよ」

「はいはい。ほら、千愛ちゃん、大好きな伯父ちゃんですよ〜」

千代がクスッと笑い、俺の腕に千愛を預ける。米袋よりも軽くて小さな身体。けれどその価値は何よりも重い。

——ああ、尊《とうと》いな……。

俺は千愛の小さな身体を抱き締めて、甘ったるい匂いを胸いっぱいに吸い込んだ。すべすべしたほっぺたに頬《ほお》擦《ず》りして柔らかさを堪能すると、彼女を母親の腕に戻す。

「さぁ、もう時間だ。気をつけて行ってこいよ」

千愛ごと千代を抱き締めて、最後の抱擁《ほうよう》を交わす。

「お兄ちゃん、本当にありがとう」

耳元で聞こえた涙声が、俺の鼓膜を震わせた。途端に目蓋《まぶた》の裏が熱くなり、鼻の奥がツンとする。

俺は慌てて離れると、士貴に右手を差し出した。

「千代と千愛を頼んだぞ。何があっても絶対に守ってくれ」

「ああ、当然だ」

固い握手を交わし、互いの拳をコツンとぶつける。

最後に大きく手を振ると、家族三人はセキュリティーゲートの向こう側へと消えて行った。

安堵と寂しさと満足感と。いろんな感情を胸に抱えたまま、俺はその場に立ち尽くす。

しばらくしてから大きく深呼吸をして、反対側へと足を向けた。

「……さあ、帰って引っ越しの準備を始めるか」

千代たちには話していなかったが、会社の近くにマンションの部屋を購入した。

もう俺があの家にいる必要はない。今度千代たちが里帰りしたときには、新しい場所で気兼ねなく出迎えてやろうと思う。

「うん、本当によかった。やはりあの二人はお似合いだ」

いいさ、俺には千代の兄という最高のポジションが与えられている。兄妹は何があったって血の繋がりが切れることはない。

いつか千代が士貴と夫婦喧嘩をしたら、夜中であろうが海外であろうが俺が迎えに行ってやる。

「誰がなんと言おうが、俺は絶対におまえの味方だ」

――だから、千代……。

安心して士貴に本音をぶつけるがいい。

長いあいだ、いろんなことを我慢して諦《あきら》めてきたおまえには、今まで指からこぼれ落ちた夢や希望を、その両手いっぱいに受け取る権利があるんだ。

そのためなら俺はなんでもしよう。大切な妹として、家族として、俺はおまえのしあわせを一生見守り続けるよ。

「愛してるよ、千代」

どうか彼らの未来に幸あらんことを。

おまえのしあわせが、俺のしあわせだ。

Fin

あとがき

皆様こんにちは、田沢みんです。このたびは私のヴァニラ文庫ミエル様二冊目、『独占欲強めの天才外科医は箱入り妻を溺愛する』をお迎えいただきありがとうございました。

突然ですが、皆様には兄弟がいらっしゃいますか？　私は姉と二人姉妹なので、昔から『お兄ちゃん』という存在に強い憧れがありました。優しくてカッコよくて妹を溺愛してくれる兄。そしてその親友もまた超絶イケメンで、家に遊びに来たときに都合よく一目惚れしてくれて……。私がそう語るたびに、実際に兄のいる親友からは、『そんなの幻想。夢見すぎ』と鼻で笑われたものです。実在しないのなら作ってしまえばいい。はい、書きました、千寿さん。彼は私の理想そのもの。あまりにも好きすぎて、本編を序盤の三万字ほど書いたところで止めて、先に千寿さんの番外編を書き始めてしまいました。番外編と言っても一万三千字越えでボリューム満点。本編とリンクしています。結果、番外編の内容を後追いするように本編を書くという自分でもはじめての形式になりました。同じエピソードを千代と士貴、千寿それぞれの目線で語らせているので、全部読み終えてから、

「じつはあのとき……」と振り返っていただけたら幸いです。

装画は『塩対応な御曹司ドクターは、めちゃくちゃ溺甘でした⁉』に引き続き森原八鹿先生。相変わらず美麗。そして肌色多めのカラー口絵です（笑）。最初にいただいた千代と士貴があまりにも美しかったので、先生の許可をいただいてTwitterにキャララフをアップさせていただきました。もしもご興味があれば@tazaminshoで検索してみてください。

更に驚くことに、今回は編集様のご厚意により番外編にも挿絵がついております！　私も「千寿さんのイラストが欲しいな」とは思っていたのですが、番外編、しかもメインキャラでもない人物のイラストなんて無理だと諦めていたんですよ。そしたら編集様が、「お兄ちゃーん！　って思って、挿絵をつけちゃいました」って。阿吽の呼吸でこちらの意向を読み取ってくれるエスパー編集様、神ですね。

こんな感じであとがきはお兄ちゃんの話ばかりになってしまいましたが、本編は切なくも愛に満ちた内容となっております。一言でも一文でも、皆様の心に残ってくれたら嬉しいです。

そしてまた、次の作品でも皆様にお会いできますように。

田沢みん拝

原稿大募集

ヴァニラ文庫ミエルでは乙女のための官能ロマンス小説を募集しております。
優秀な作品は当社より文庫として刊行いたします。
また、将来性のある方には編集者が担当につき、個別に指導いたします。

◆募集作品

男女の性描写のあるオリジナルロマンス小説（二次創作は不可）。
商業未発表であれば、同人誌・Web 上で発表済みの作品でも応募可能です。

◆応募資格

年齢性別プロアマ問いません。

◆応募要項

・パソコンもしくはワープロ機器を使用した原稿に限ります。
・原稿は A4 判の用紙を横にして、縦書きで 40 字 ×34 行で 110 枚 ~130 枚。
・用紙の 1 枚目に以下の項目を記入してください。
①作品名（ふりがな）/②作家名（ふりがな）/③本名（ふりがな）/
④年齢職業 /⑤連絡先（郵便番号・住所・電話番号）/⑥メールアドレス /
⑦略歴（他紙応募歴等）/⑧サイト URL（なければ省略）
・用紙の 2 枚目に 800 字程度のあらすじを付けてください。
・プリントアウトした作品原稿には必ず通し番号を入れ、右上をクリップなどで綴じてください。

注意事項
・お送りいただいた原稿は返却いたしません。あらかじめご了承ください。
・応募方法は必ず印刷されたものをお送りください。CD-R などのデータのみの応募はお断りいたします。
・採用された方のみ担当者よりご連絡いたします。選考経過・審査結果についてのお問い合わせには応じられませんのでご了承ください。

◆応募先

〒100-0004　東京都千代田区大手町 1-5-1　大手町ファーストスクエアイーストタワー
株式会社ハーパーコリンズ・ジャパン　「ヴァニラ文庫作品募集」係

独占欲強めの天才外科医は箱入り妻を溺愛する

Vanilla文庫 Miel

2023年3月5日　第1刷発行　　定価はカバーに表示してあります

著　作　田沢みん　©MIN TAZAWA 2023
装　画　森原八鹿
発行人　鈴木幸辰
発行所　株式会社ハーパーコリンズ・ジャパン
東京都千代田区大手町1-5-1
電話　03-6269-2883（営業）
0570-008091（読者サービス係）
印刷・製本　中央精版印刷株式会社

Printed in Japan ©K.K.HarperCollins Japan 2023 ISBN978-4-596-76929-9